AF724709

8° Y2
53678

Petite Collection E. BERNARD

N° 28

L'OGRE

PAR

Gustave Guitton

BIBLIOTHÈQUE NATIONALE R.F. IMPRIMÉS

Dépôt Légal
Seine
N° 720
1904

E. B.

PARIS
E. BERNARD, IMPRIMEUR-ÉDITEUR
29, Quai des Grands-Augustins, 29

Droits de Traduction et de Reproduction réservés

8° Y2
53678 (28)

L'OGRE

I

LA JOLIE BLONDE

M. Bellardin, le grand industriel de Sablon-les-Charmes, en Picardie, s'était éveillé, ce matin-là, de très bonne humeur... Etait-ce parce que le premier soleil de ce matin d'automne présageait une belle journée? Etait-ce parce qu'il avait trouvé de nouveaux débouchés pour les beurres et les fromages qu'il fabriquait? Ou avait-il de plus intimes sujets de contentement?... Lui seul eût pu le dire...

Il s'habilla en sifflotant un air de café-concert, et mit ses gants gris à boutons de nacre, ceux-là même qui lui servaient pour conduire, dans les promenades matinales qu'il avait coutume de faire quand le temps était beau.

M. Bellardin descendit jusqu'au perron où déjà — sur un ordre téléphoné de sa chambre à coucher — le cocher venait de mener sa charrette anglaise, attelée d'un poney alezan, nerveux et très vite.

L'industriel s'installa sur le siège et fit claquer sa

langue. Le cheval démarra d'une allure rapide et rythmée. Il traversa le parc et prit la route.

M. Bellardin avait un peu plus de cinquante ans. Il n'avait jamais dû être beau ni distingué ; mais son ventre proéminent et son teint rouge lui permettaient de porter avec une majestueuse suffisance ce large ruban de la Légion d'honneur dont il avait été gratifié au Quatorze-Juillet dernier, en reconnaissance des services qu'il avait rendus à l'industrie des beurres et des fromages.

L'air vif du matin faisait encore plus rouge la figure toute épanouie du promeneur. Cependant une pensée importune le vint de nouveau harceler : il songeait à la petite Georgette Vachain, la fille d'un de ses contremaîtres, une blonde parfaite, et qui allait sur ses dix-sept ans.

M. Bellardin, malgré ses favoris respectables et ses opinions conservatrices bien connues, était en effet un amateur de jolies filles. Il lui en avait coûté, naguère encore, pas mal d'argent et beaucoup de désagréables histoires pour n'avoir pas su mettre un frein à ses velléités érotiques ; mais, quoiqu'il fît, il ne pouvait parvenir à oublier la petite Vachain.

Georgette, grande et souple, avait les traits réguliers, le teint rosé où rayonnaient des yeux d'un bleu étrange et profond, presque violet comme la fleur des scabieuses. Ses hanches, dont l'épanouissement commençait, sa poitrine qui s'accusait fermement, ses extrémités finement modelées, tout en elle révélait une nature à la fois délicate et splendide. Et le sourire, qui montrait une denture d'un éclat de lait, n'avait point de vulgarité. L'arc des lèvres, dont une raie voluptueuse séparait la rougeur, décelait une bonne humeur et une malice qui vont rarement de pair avec la beauté des formes.

— Ma foi, conclut l'industriel après une foule de réflexions morales qu'il venait de s'adresser à lui-même, la petite vaut bien le risque d'un scandale !...

Mais déjà c'était l'usine et la cité ouvrière... Les maisonnettes, basses et avec leur jardinet dont l'automne fanait la verdure, apparaissaient très gaies sous ce clair soleil.

En approchant de la maison des Vachain, instinctivement, M. Bellardin retint les guides au poney.

Justement, Georgette était sortie. Elle étendait sur des cordes, dans le jardin, le linge d'un lessivage dont on voyait encore l'eau bleue dans le baquet près de la pompe.

Sa chevelure, d'une blondeur de gerbe mûre, retombait sur le dos en une lourde natte ; ses bras nus et mouillés se levaient vers les cordes...

Et par l'entrebaillement du peignoir décousu à la manche, M. Bellardin entrevit une seconde la touffe presque sexuelle des aisselles.

M. Bellardin éprouva un trouble subit ; ses oreilles devinrent cramoisies, et un tic nerveux fit vibrer les ailes de son nez.

Il fouetta vigoureusement son cheval qui prit le galop ; et il ne put s'apercevoir que Georgette, toute honteuse, rabaissait les manches de son caraco, en esquissant une révérence à la paysanne.

Comme la charrette disparaissait au tournant du chemin montant qui se prolongeait jusqu'à la grille du parc, une grande femme brune et maigre, dont les traits flétris conservaient sous les haillons, et en dépit des cheveux gris, des restes de beauté, passa entre la double rangée de maisonnettes qui formait la cité. La Goussarde, comme on l'appelait dans le pays — car elle se nommait : Goussard — vivait de l'usine comme les filles des villes de garnison vivent du régiment.

Le plus souvent elle demandait l'aumône ; mais, aux saouleries des jours de paie, les ouvriers de la salerie, de la glacière, du barattage ou de l'expédition, la possédaient, pour dix sous, dans quelque creux de fossé.

La mère de Georgette, dont l'ancienne beauté tournait à la graisse et dont le visage s'empâtait de boursouflures, aperçut la Goussarde.

Agressive, Mme Vachain s'avança sur le pas de la porte.

Elle s'était mis le poing sur la hanche :

— Si c'est pas honteux de voir une traînée pareille s'exclamait-elle... Une saloperie qui n'est pas fichue de gagner sa vie comme les autres !... Ferait-elle pas mieux de débarrasser le pays ! Est-ce qu'elle pourrait pas s'en aller à Paris elle aussi !... Quand on pense qu'on l'a trouvée dans le taillis avec un gamin de quinze ans !...

— Oui, le petit Broquin!... Mais, tu sais ce qu'on m'a dit, ajouta Georgette ; on m'a dit que si elle ne faisait pas ça, elle mourrait de faim plus souvent qu'à son tour...

— Eh! riposta la mère, qu'elle aille chercher son pain ailleurs... Qu'elle s'en aille donc à Paris, par exemple... On dit que là-bas il n'y a jamais assez de catins!

— C'est qu'elle n'est guère belle!... s'exclama la jolie Georgette, en riant d'un rire sonore, et sans la moindre charité chrétienne.

Mme Vachain rentra dans la maison pour s'occuper du ménage.

Au coup de cloche d'onze heures, Vachain revint de l'usine. La blouse de travail et toute la personne du contremaître répandaient cette odeur graisseuse et rance particulière aux grandes beurreries, et dont toute la cité était empestée. D'ailleurs, chacun y était habitué, et nul n'y prêtait plus la moindre attention.

Georgette embrassa son père, et l'on se mit à table.

On en était au café lorsque la nièce des Vachain, la petite Léontine, dont la mère était morte et le père employé à l'usine, fit irruption dans la pièce :

— Tu sais, ma tante, y a Mme Jacquelin qu'est dans la cité, et qu'a l'air de venir ici!

Mme Vachain regarda obliquement par le carreau pour s'assurer du fait, pendant que Georgette, sur un signe de son père, faisait prestement disparaître la bouteille de cognac, et que la jeune Léontine trempait un morceau de sucre, un « canard », dans le café de son oncle.

Une minute après, Mme Jacquelin entrait :

C'était une petite vieille proprette, toute vêtue de noir, mais dont la physionomie chafouine, les mains osseuses et le regard faux donnaient tout de suite une impression de sécheresse et d'avarice.

Elle affectait d'ailleurs, à l'exemple de Mme Bellardin auprès de qui elle remplissait les *fonctions de* gouvernante, de femme de confiance, les formes de la politesse la plus raffinée.

— Bonjour messieurs-dames ! dit-elle en entrant.

— Bonjour, madame Jacquelin... Entrez donc, madame Jacquelin... Prenez donc la peine de vous asseoir... Qu'y a-t-il pour votre service madame Jacquelin ?

La gouvernante s'assit sur la chaise qu'on lui tendait ; et sans transition :

— Figurez-vous que Madame se trouve bien embarrasée... Il en est arrivée une histoire au château ! ... Justine, la femme de chambre dont Madame était si contente, à volé une des bagues de Madame !... On l'a retrouvée dans sa malle !

— Pas possible !

— C'est comme je vous dis : on l'a retrouvée dans sa malle... M. Bellardin, qui est toujours trop bon, et qui n'a appris l'histoire qu'en revenant de sa promenade en voiture, n'a pas voulu qu'on envoie chercher les gendarmes...

— Ainsi, dit Vachain, Justine, cette petite sainte-nitouche à qui on aurait donné le bon Dieu sans confession...

— Volé, oui, elle a volé !... Et elle a été mise à la porte sans certificat, cela va de soi !... De sorte que voilà Madame sans femme de chambre...

— Ah !

— Eh bien, demanda Georgette qui avait quelque peu fréquenté Justine, si elle est partie sans certificat, qu'est-ce qu'elle va devenir ?

— Pas grand'chose de propre, répliqua Mme Jacquelin... Elle a pris le train pour Paris...

— Alors, ricana Mme Vachain, je ne suis pas inquiète sur son sort !

— Elle est jolie fille, appuya Vachain... Elle fera comme tant d'autres !

— Oui, fit d'un air apitoyé Mme Jacquelin, je crains bien qu'elle aussi n'aille rassasier l'Ogre !..

— Plaît-il ? demanda Vachain... De quel ogre parlez-vous ?

— Je ne fais que répéter un mot de M. le curé de Sablon-les-Charmes... Il était en visite chez nous l'autre jour, et il parlait de Paris, à propos du départ pour la capitale d'une de ses jeunes paroissiennes... Je me souviens très bien de ses propos... Paris, disait-il, non seulement c'est la Babylone moderne, mais c'est aussi l'Ogre, un ogre jamais rassasié, et qui dévore toute l'énergie, toute l'honnêteté et toute la chair fraîche de la province...

— M. le curé avait bien raison ! dit Mme Vachain

... Dans notre petit pays, dès qu'une fille se sent jolie ou qu'elle a fauté, elle s'en va tout droit vers la capitale...

— Enfin, dit Mme Jacquelin, que Justine devienne là-bas ce qu'elle pourra !... Toujours est-il que voilà Madame sans femme de chambre... Aussi, m'a-t-elle priée de venir chez vous, pour vous faire une proposition...

— Vraiment ! s'étonnèrent Vachain et sa femme.

— Oui. Arrivons au fait... Voici ce dont il s'agit... Votre Georgette sait coudre, repasser. Madame n'ignore pas qu'elle a été bien élevée, qu'elle est gentille... Il ne tient qu'à elle de se faire, en tant que femme de chambre, une belle situation au château...

Et comme les Vachain se taisaient, la mère surprise, le père contrarié, Mme Jacquelin continua :

— Vous pourriez toujours essayer, ne fut-ce qu'un temps... Si Georgette se plait au château, elle y restera. Sinon, elle n'aura qu'à retourner chez vous.

La mère en avait pris tout de suite son parti. Le père, qui avait sa fierté d'ouvrier et ses scrupules contre la servitude, fut plus long à se décider.

En fin de compte, Georgette, le soir même, était installée au château et entrait en fonctions.

M. Bellardin qui, par hasard, en cette occasion n'avait fait que répondre aux désirs nettement exprimés de sa femme, redoutait les tentations naissantes auxquelles il allait être en butte.

Mais, tout en se jurant à lui-même d'être d'une sagesse exemplaire, au fond, il éprouvait une satisfaction réelle. Il se disait que, quand Georgette serait à point pour une séduction sans tapage, il la prendrait, comme il en avait pris tant d'autres.

L'industriel ne sut pas attendre.

La présence de la jeune fille qui, depuis son entrée au château s'était affinée et embellie, le mettait hors de lui.

Plus d'une fois il se retint pour ne pas l'embrasser à pleines lèvres, quand l'occasion s'en présentait propice. Des matins, il se levait de très bonne heure, sous prétexte d'aller faire un tour à l'usine ; et il montait à pas de loup jusqu'à la chambre de Georgette, logée à part à cause de son service particulier auprès de la châtelaine.

L'œil collé à la serrure, il regardait la jolie blonde se lever, peigner ses longs cheveux, les seins à l'air et les bras nus.

Une fois, M. Bellardin n'y tint plus.

Il s'était levé ce jour-là avant tout le monde ; et il venait de s'apercevoir, en regardant par le trou de la serrure, que Georgette dormait encore...

Hors du lit, un de ses seins s'étalait sur la blancheur du drap comme un beau fruit. La tête était repliée vers l'oreiller et perdue dans le fouillis d'or de ses cheveux. Une hanche forte se dessinait sous la couverture.

M. Bellardin ouvrit la porte et se jeta goulûment sur le beau fruit de chair.

Soudainement réveillée, Georgette avait poussé un cri.

Mais, maintenant, elle se taisait, se débattant contre l'homme dont la face était pourpre, les yeux injectés de sang, et dont les mains fourrageaient au hasard.

— Tais-toi ! tais-toi, répétait-il d'une voix rauque et haletante.

Stupéfaite et honteuse, Georgette se défendait de toutes ses forces.

A la fin, elle eut un cri de douleur. La main brutale de M. Bellardin venait de la meurtrir.

Des larmes lui vinrent aux yeux.

— Au secours !... s'écria-t-elle à travers ses sanglots. Au secours !...

M. Bellardin vit que le scandale était imminent. Il s'éclipsa, confus et furieux, pendant que Georgette, sautant à bas du lit, courait pousser le verrou de la porte.

Dès qu'elle fut habillée, elle alla tout raconter à sa maîtresse.

Mme Bellardin entra dans une violente colère.

Ses prétentions de belle femme et ses droits d'épouse légitime se trouvaient cruellement atteints.

De plus, elle avait pris Georgette en affection, pour sa douceur et sa docilité.

Aussi, lorsque l'industriel se présenta au déjeuner, fut-il accablé d'une véritable bordée d'invectives.

La châtelaine trouvait, à cette occasion, les meilleurs termes de la phraséologie des harengères :

Elle était donc si décatie, que son mari en fut au point de prendre de force des gamines !...

Il était gâteux, et finirait aux Assises !...

Elle demanderait le divorce !...

Quant à Georgette, la pauvre petite s'était déjà enfuie chez son père...

Une pareille conduite était ignoble, et indigne d'un honnête négociant décoré !...

Et le scandale !...

Quel scandale allait éclater !...

Tout le pays finirait par honnir l'immonde pourceau de Bellardin !...

M. Bellardin ne répondit rien ; mais, désormais, sa béatitude fut troublée.

Maintenant, il évitait de traverser la cité ouvrière.

Les Vachain, quoique indemnisés et catéchisés, avaient clabaudé.

Au château, mille taquineries sournoises, mille paroles envenimées venaient rappeler à l'industriel ce que Mme Bellardin continuait à dénommer : « sa saloperie. »

Les épithètes de cochon et de coureur revenaient sans cesse sur les lèvres de la châtelaine.

M. Bellardin trouvait sur sa table de travail, soulignés au crayon bleu, les paragraphes des faits-divers que, suivant la tradition, les reporters ne manquent jamais d'intituler : *Encore un vieux satyre !...*

Les Vachain avaient eu le tort d'affecter une attitude hautaine... Georgette ne sortait plus qu'avec sa mère, qui prenait des airs mitigés d'humilité et de bravade.

Cet état de choses dura deux mois, au bout desquels M. Bellardin, qui en avait assez, prétexta d'une crise industrielle pour remercier quelques ouvriers.

Vachain fut compris dans le nombre.

Il fut d'ailleurs muni d'excellents certificats, et reçut même, en sous-main, de Mme Bellardin, en même temps que le conseil de gagner Paris, plusieurs lettres de recommandation très chaudes, et un billet de mille francs.

Après avoir beaucoup hésité, et réfléchi durant huit jours, les Vachain décidèrent de quitter le pays, et de s'en aller gagner leur vie dans la capitale.

Georgette envisageait sans effroi cet exode ; et ce fut en souriant qu'elle monta dans le train qui les emportait tous les trois vers l'Ogre fascinateur et aux longues dents dévorantes.

II

DÉSIRÉ

M. et Mme Vachain, après avoir visité plusieurs appartements, installèrent leurs meubles dans un logement composé de deux pièces et d'une cuisine, et situé dans le fond de la cour d'un grand immeuble du boulevard de Belleville.

Le loyer était de quatre cent vingt francs par an.

La somme leur parut exorbitante ; surtout en la comparant à ce qu'ils payaient de loyer pour leur petite maison avec jardinet dans la cité ouvrière de Sablon-les-Charmes.

Ce devait être là leur première désillusion. Malgré toutes leurs recherches, ils ne purent trouver à se loger à un moindre prix.

Ils se consolèrent en se disant que, si les logements coûtaient cher à Paris, la nourriture y était d'un prix abordable...

— Bah ! s'écria Vachain ; on s'en tirera toujours !... Est-ce qu'on s'en est pas toujours tiré jusque-là ?... On n'est pas venu ici pour vivre en rentiers, n'est-ce pas ?... Eh bien, je vais chercher du travail...

— Nous avons seize cents francs d'économie, dit Mme Vachain... On a de quoi attendre !... Au fond, vois-tu, mon homme, tout s'arrangera du mieux possible ; et tu verras que c'est une vraie veine pour nous d'avoir été renvoyé de chez ce cochon de Bellardin !

Par malheur, cet espoir ne devait pas se réaliser.

Les trois lettres de recommandation dont Mme Bellardin avait gratifié les Vachain, ne donnèrent que des résultats négatifs.

Vachain, sans se laisser abattre par ces refus successifs, fit des démarches personnelles pour essayer de se faire employer par divers commerçants et industriels. Mais, partout, pour une place il y avait cinquante demandes.

Le contremaître se désespérait de jour en jour davantage.

Mme Vachain devenait hargneuse ; car elle constatait que leur petit magot était fortement entamé.

Georgette, jusque-là toute rieuse, se mit à imiter sa mère et à devenir grincheuse et désagréable à souhait.

Outre qu'elle n'arrivait pas non plus à trouver d'ouvrage, car elle ne s'était jamais spécialisée dans aucun travail, elle se déplaisait horriblement dans ce fond de cour ; et elle regrettait avec amertume la jolie maisonnette et le petit jardin de Sablon-les-Charmes.

— Au moins « là-bas », disait-elle, on pouvait respirer!... Tandis qu'ici, chaque fois qu'on ouvre la bouche, c'est pour avaler des odeurs de soupe rance!...

— On va donner un palais à Mademoiselle!... narguait Mme Vachain.

— Elle est plus sûre de recevoir une paire de gifles! s'écriait Vachain qui devenait brutal et nerveux...

Un soir, vers cinq heures, Georgette rentra toute joyeuse.

— J'ai trouvé une place! annonça-t-elle.

— Quelle place? demanda sa mère.

— J'entre dans une raffinerie du quai de Valmy... J'y vais demain... C'est très facile, il paraît... On n'a qu'à mettre du sucre dans des boîtes.

— Combien que tu gagnes?

— Dix-huit francs par semaine.

— C'est pas beaucoup, conclut Mme Vachain; mais c'est toujours autant... Du train dont vont les affaires, il ne nous restera plus le sou bientôt!...

« À PATRON-MINETTE »

BIBLIOTHÈQUE NATIONALE R.F.

Qu'est-ce que tu veux, ton père a la guigne ; il ne trouve rien !

— Ça viendra, va, maman, dit Georgette... Paris ne s'est pas fait en un jour...

Vachain rentra le soir d'une longue course dans un lointain quartier...

Il était plus désespéré que jamais ; il n'avait encore rien trouvé.

— Et pourtant, s'écriait-il, j'ai des bras qui ne demandent qu'à travailler ; j'ai des muscles qui ne demandent qu'à faire de la besogne !... J'ai de bons certificats !... Je suis honnête et je suis travailleur !... Eh bien, je ne trouve pas à gagner ma vie !... Je suis forcé de vivre en fainéant !... Moi ! Et avec ces bras-là ! ajouta-t-il en frappant la table d'un formidable coup de poing...

Il y avait huit jours que Georgette était entrée dans la raffinerie du quai Valmy, quand Vachain trouva une situation de cent francs par mois qu'il accepta, en attendant mieux. C'était une place d'inspecteur dans un bazar à dix-neuf sous.

Mais, bien qu'il fît son service en toute conscience, le directeur du bazar le renvoya, à la fin du mois ; et il le remplaça par un adjudant décoré, et partant plus décoratif, qui venait de quitter le service.

De nouveau, mais avec de moins en moins d'enthousiasme, Vachain se mit en quête de travail.

Mme Vachain, qui s'apercevait avec angoisse qu'elle n'avait plus que quatre cents francs d'économies, chercha des ménages à faire dans le quartier.

Elle en trouva un, qui lui rapportait quinze sous par jour, et pour deux heures et demie de travail.

Complètement exaspérée par ce nouveau genre de vie, elle ne décolérait plus.

Chaque soir, lorsqu'elle se retrouvait, au moment du dîner, en présence de sa fille et de son mari, elle les accablait d'invectives et d'injures.

C'était Vachain surtout à qui s'adressaient toutes ces insultes.

« Lâche ! Crève-la-Faim ! Fainéant ! », étaient les ordinaires aménités dont elle gratifiait son époux.

La vie de famille devenait chaque jour plus désagréable ; et chacun demeurait sourdement irrité contre le mauvais sort.

Un vendredi, Mme Vachain, au moment du dîner, annonça tristement qu'elle venait d'entamer son dernier billet de cent francs.

Vachain sentit que des larmes de rage impuissante lui montaient aux yeux.

Il leva le bras droit dans un geste de colère et le laissa bruyamment retomber sur la table.

Le choc fut si violent qu'une assiette se brisa.

— Voilà à quoi mes bras sont bons ! s'exclama Vachain avec dépit... A casser des assiettes !...

Puis il reprit véhémentement :

— Mais quels sont donc les menteurs qui disent qu'on peut vivre de son travail à Paris !... Et qu'est-ce qu'il faut donc faire, bon Dieu ! pour trouver du travail ?...

Ce soir-là, il n'y eut pas de scènes.

Chacun se sentait accablé, anéanti.

Et chacun, silencieusement, suivait le fil de ses tristes rêves.

Vachain se demandait par quels moyens il pourrait arriver à trouver une place quelconque — Mme Vachain se demandait si, dans ces conditions, il ne vaudrait pas mieux qu'elle aille se jeter à l'eau — Georgette, elle, qui remuait des pensées moins lugubres, se demandait si elle devait aimer Désiré Truchet.

Désiré Truchet était expéditionnaire au ministère des « Affaires pendantes. »

Il était né, vingt-quatre ans auparavant, d'honnêtes ouvriers, entre Dax et Bayonne.

Ses parents, qui avaient rêvé pour lui de hautes destinées, l'avaient fait entrer, au prix de grands sacrifices, comme pensionnaire dans une école primaire supérieure.

A dix-sept ans, il en sortait, muni de son brevet simple.

Désiré Truchet, après ce succès, ne douta plus qu'il fut un aigle. A quoi bon moisir dans son coin de province ?...

Il savait assez de géographie pour ne point ignorer que Paris est la capitale de la France ; et il pensait que c'est à Paris seulement qu'il avait des chances de se créer la belle situation rêvée pour lui par ses bêtas de parents.

D'ailleurs, Paris, c'était aussi la ville de fêtes et de noces continuelles ; et Désiré, qui avait plus de vice que d'ambition, soupirait après Paris, surtout à cause des jolies femmes dont ses boulevards et ses rues étaient pavés.

Le père de Désiré Truchet était lancé dans la politique militante. Depuis douze ans il soutenait de tout son pouvoir, et par tous les moyens, le député de la circonscription.

Ce monsieur était influent, et il était député depuis trois législatures. Aussi n'eut-il aucune peine à faire placer le fils de son électeur au ministère des « Affaires pendantes » dès que Désiré fut revenu du régiment.

Désiré Truchet était expéditionnaire depuis un peu plus d'un an, lorsqu'il aperçut pour la première fois Georgette Vachain.

Il n'était ni beau, ni laid, ni brun, ni blond, ni intelligent, ni bête. C'était un garçon de taille moyenne, au teint jaune, au front bossué, aux yeux caves, aux joues creuses, et dont la figure était rayée par une mince moustache noire effilée aux pointes. Cela lui donnait un air conquérant, et il était très fier de sa moustache.

Toujours endetté d'une centaine de francs, il n'aimait que la manille, l'apéritif, le café-concert et les femmes.

Comme ses ressources étaient limitées, il arrivait, à l'aide de mille ruses ingénieuses et patientes, à satisfaire cette dernière passion sans bourse délier.

Il guettait et reconduisait pendant des semaines les petites ouvrières éreintées de travail, souvent battues et toujours mal nourries, qu'il suffit, le moment venu, d'un dîner au restaurant ou d'une soirée au café-concert, pour séduire.

Quand il en avait assez de ses conquêtes, il s'arrangeait toujours pour les repasser à quelque collègue.

Il débarrassait ainsi sa conscience de tout scrupule et son budget de toute dépense.

Mais, depuis quelque temps, Désiré Truchet se croyait véritablement amoureux. Il allait tous les soirs, à la sortie d'une raffinerie, attendre une grande blonde, dont il proclamait la beauté foudroyante.

Après quinze jours de politesses, de saluts échangés, de petits bouquets de violettes offerts avec un sourire, il fut admis à reconduire Georgette Vachain presque jusqu'à la porte de ses parents.

Au bout de quelques entrevues, Truchet s'aperçut que Georgette serait une proie facile ; car la pauvre enfant lui contait naïvement toutes ses peines et les scènes quotidiennes dont l'intérieur paternel était le théâtre.

Désiré Truchet feignait un profond attendrissement ; et il embrassait Georgette avec d'autant plus d'enthousiasme, que ses confidences avaient été plus navrantes.

Comme son père ne trouvait toujours pas d'ouvrage malgré la bonne volonté qu'il mettait à s'en procurer, Vachain ne cessait de récriminer, de hurler des plaintes, ou de se répandre en copieuses engueulades.

Et c'étaient des discussions perpétuelles, de constantes récriminations, des bris de vaisselle, et même des coups de poing échangés entre le mari et la femme.

Georgette commençait à trouver cette vie insupportable...

Ah! si elle n'avait pas été bégueule, comme disaient ses camarades qu'elle voyait partir chaque soir au bras d'un amant!...

— Mais, ma chère, disait Laurence, une petite bossue à la fois rosse et bonne fille, si j'avais ta *poire*, j'aurais dans six mois mon hôtel aux Champs-Elysées.

— Non, mais crois-tu qu'elle est bête! s'exclamait Lucie, une petite brunette à l'œil fripon... Elle a dix-huit ans et elle n'a pas encore d'amant!

— Ça vient d'province!... dit en plissant dédaigneusement les lèvres, une femme d'une quarantaine d'années dont le visage portait les indubitables stigmates des vices infâmes et de la crapuleuse débauche.

— Tu dois savoir ça, toi, la Rouquine, riposta une camarade, puisque t'es venue, il y a vingt ans, d'Périgueux à Paris pour faire la noce...

— Périgueux, c'est pas la province, répliqua aigrement la Rouquine... Périgueux c'est une grande ville...

Toutes ces conversations de l'atelier opéraient sur la moralité native de Georgette une action dissolvante.

Puis, c'étaient des feuilletons savourés sur les

bancs du quai, à l'heure des *frites* et du triangle de brie...

Et c'étaient les chansons faubouriennes répétées en chœur à l'atelier...

Et c'étaient les petits livres obscènes qu'on cache dans le corsage, qu'on se passe de main en main, et qu'on lit de guingois en venant sur l'omnibus : « Gamiani » — « l'Examen de Flora » — « Le portier des Chartreux ».

Avec ces conversations et ce genre de lectures, avec cette promiscuité, avec cette dépravation systématique de l'atelier, quelle jeune fille de dix-huit ans, vertueuse et jolie, peut rester vertueuse longtemps !

Je vous le demande, ô filles de bourgeois qui, comme vos sœurs plus pauvres, êtes jolies et vertueuses aussi.

Seulement, à vous, toutes les tentations sont évitées ; et à vos sœurs toutes les tentations sont offertes...

Si vos sœurs pauvres succombent, ô vous, les sœurs riches, ne les maudissez pas, ne les méprisez pas ! Vous n'avez pas eu de mal à rester vertueuses !

Suivant une tactique qui lui était coutumière, Désiré Truchet s'était tout d'abord posé en amant platonique de Georgette Vachain.

Mais il comptait bien ne pas s'en tenir longtemps au rôle de simple confident.

Georgette, qu'il reconduisait quotidiennement, lui faisait chaque soir le récit lamentable de quelque nouvelle scène de famille. Son père et sa mère ne décoléraient pas depuis qu'ils n'avaient plus le moindre argent. Ils passaient leur temps à se chamailler, à se dire des injures, et même à se donner des coups de poing. Elle-même avait été giflée une fois par sa mère et deux fois par son père.

— Non, disait-elle, s'ils recommencent à me battre sans que je le mérite, je ne sais pas ce que je suis capable de faire !

Désiré consolait sa petite amie avec de douces paroles ; et Georgette, déshabituée d'entendre des mots de caresse, se prenait chaque jour pour l'expéditionnaire d'une affection plus sincère et plus vive.

La pauvre fille eût été cruellement déçue si elle avait pu soupçonner combien Désiré Truchet jouait auprès d'elle un rôle hypocrite, et combien tous les sentiments qu'il exprimait étaient feints.

Loin de plaindre Georgette de ses déboires, il s'en réjouissait secrètement ; car il se disait que bientôt, dans un coup de tête, la jolie blonde ne pourrait faire autrement que de quitter sa famille.

Enfin, le moment vint, l'occasion se présenta propice.

Ce soir-là, Désiré Truchet, qui faisait le guet à la porte de l'usine, vit sortir Georgette, une des premières, contre son habitude.

La jeune fille était rouge. Elle paraissait nerveuse et agitée. Elle courut vers Désiré et se jeta en pleurant dans ses bras.

— Qu'y a-t-il donc, ma petite Georgette ? Qu'avez-vous ?

— J'ai que j'en ai assez... J'ai que je ne veux plus vivre à la maison...

— Encore quelque nouvelle scène ?

— Oui ; et celle-là est trop dure à supporter... Vous ne savez pas ce qu'on m'a dit, hier soir ?

Désiré Truchet prit le bras de Georgette et ils se mirent à marcher lentement, elle loquace et geignarde, lui attentif et compatissant.

— Eh bien, continua Georgette, hier soir le dîner était maigre ; nous n'avions qu'une mauvaise soupe à la graisse et des pommes de terre... Papa était rentré furieux d'une nouvelle journée de courses inutiles pour trouver une place. Maman, elle, ne dérage jamais... Alors, comme papa se plaignait que le dîner était mauvais, maman l'envoya promener, et vivement !... Moi, je ne disais rien, parce que je commence à m'habituer à tout ça, vous comprenez ?

— Oh ! oui, ma pauvre amie, je vous comprends, et je vous plains !

— Alors, subitement, sans raison, mon père s'est précipité sur moi et il m'a prise par le bras, qu'il m'a serré si fort que j'en avais un bleu ce matin... Et il m'a dit : « Tout ce qui nous arrive, c'est de ta faute, espèce de catin ! »

— Il vous a dit cela ?

— Oui ; et il m'a reproché de n'être pas restée au château de M. Bellardin... Et il m'a dit que si je n'avais pas courue après lui, ce n'est pas lui qui aurait couru après moi !... Alors, je me suis mise dans tous mes états ; je leur ai dit toutes sortes de choses, je les ai appelés toutes sortes de noms... Et ce n'est pas des gifles que j'ai reçues cette fois, c'est des coups de pied et des coups de poing... Ma mère et mon père se sont acharnés sur moi au point de me faire crier au secours... Enfin ils ont cessé de me battre, et moi je suis allée me coucher... Mais, ça ne fait rien, j'en ai gros sur le cœur, allez, et je ne suis pas prête d'oublier ce qu'ils m'ont dit hier soir...

Georgette continuait à pleurer toutes ses larmes.

Désiré Truchet resta silencieux un instant.

— Ecoutez, ma chère amie, dit-il enfin de sa voix la plus langoureuse en prenant délicatement la main de la jeune fille, une telle situation ne peut pas durer... Il faut absolument que, dès ce soir, vous quittiez vos parents... Cela leur apprendra à mieux vous traiter !... Je vous offre l'hospitalité de ma modeste chambre... Si je réussis à me faire aimer de vous, je serai au comble de mes vœux... Nous pourrons nous marier, plus tard, dès que nos affaires de famille seront arrangées... En attendant, vous continuerez à travailler, et nous vivrons comme frère et sœur...

Georgette baissait la tête, en proie à une violente émotion.

— Voulez-vous? Acceptez-vous? demanda Truchet avec insistance.

— Oui... répondit Georgette à voix basse. J'ai confiance en vous : j'accepte...

Désiré Truchet, ravi, emmena sa nouvelle conquête dans un tout petit café où il était sûr de rencontrer des collègues.

Dès qu'ils furent assis, un grand blond, dégingandé et portant un binocle, s'avança vers le couple.

— Mon vieux Désiré, dit-il sur un ton familier, cette fois-ci tu as mis dans le mille... C'est du nanan!

Désiré se pencha vers le grand blond et lui parla à l'oreille :

— Je suis très embarrassé, dit-il... C'est la première fois, et je n'ai pas le sou... Alors, tu comprends?... Passe-moi vingt francs !...

— On ne refuse pas ce genre de service en de pareilles occasions, répondit le collègue en remettant vingt francs à Truchet... Mais, tu sais, rends-les moi le trente...

— Tu peux y compter!...

Après avoir pris l'apéritif et dîné dans un bouillon, Georgette et Désiré s'en allèrent au café-concert.

Georgette était à moitié grise, car ils sortaient à chaque entr'acte pour se rendre à l'estaminet.

Le concert fini, on soupa aux Halles ; et Truchet devint de plus en plus lyrique et pressant dans ses déclarations. Il commençait à se montrer sous un jour d'amant beaucoup moins platonique.

Mais Georgette était trop grise pour se faire de profondes réflexions, et Désiré lui plaisait de plus en plus...

Le lendemain matin, Georgette Vachain fut toute surprise de se réveiller en une chambre qu'elle ne connaissait pas, et dans les bras de son ami Désiré — devenu son amant. —

Elle se rappela tout, rougit, voulut pleurer ; mais Désiré l'accabla de nouvelles caresses ; et elle sourit...

III

DANS SES MEUBLES

Pendant une semaine, Georgette et Désiré filèrent le parfait amour. Ils ne se quittaient pas d'une semelle et semblaient s'adorer comme des tourtereaux.

Mais, Désiré était d'un cœur changeant. Au bout de huit jours il s'aperçut que l'apéritif lui manquait.

Il conduisit donc Georgette dans ce même petit café où il avait emprunté vingt francs au collègue dégingandé, et il fit les présentations d'usage :

— Mes chers amis, je vous présente Georgette, ma maîtresse...

Trois jeunes gens s'inclinèrent devant la nouvelle conquête de Désiré Truchet, avec des airs à la fois respectueux, narquois et admiratifs. Ils s'étonnaient même, dans leur for intérieur, que leur ami ait été capable de dénicher une aussi jolie fille.

Désiré continuait :

— Mon ami Brulot... Mon ami Tardieux... Et enfin mon ami Beausire que tu as déjà vu, ajouta-t-il en montrant le grand jeune homme blond.

Beausire, assis sur la banquette, s'était levé pour offrir sa place à la jolie fille.

Il s'assit en face d'elle et commença à lui faire une cour en règle.

Pendant ce temps, Désiré s'était attablé et avait entamé une interminable partie de piquet qui l'absorbait tout entier.

Il ne paraissait pas s'apercevoir que Beausire, tout à fait emballé maintenant, était en train de se conduire comme un goujat.

L'entreprenant jeune homme venait de s'asseoir tout près de Georgette, lui tapotait de la main les genoux et les cuisses, lui prenait la taille, lui caressait les seins...

Il parlait maintenant de l'embrasser dans le cou.

— Ah ! c'est trop fort ! s'écria Georgette... A la fin, voulez-vous me laisser tranquille !...

Désiré entendit la réflexion et se contenta de répondre en ricanant, nullement froissé d'ailleurs :

— Ce sacré Beausire !... Ah ! il est bien toujours le même !...

Beausire pensa qu'il était allé trop vite en besogne, et il ne se montra pas plus entreprenant ce soir-là...

Quant à Brulot il lorgnait Georgette en connaisseur, et il se promettait bien qu'il prendrait, cette fois encore, la suite d'affaires de son ami Truchet...

Tardieux lui, au moment où on se levait pour aller dîner, alla s'asseoir auprès de Georgette, et brutalement, la regardant bien en face :

— Je vous trouve rudement chouette, dit-il... Et quand vous voudrez, ça ne vous coûtera rien !

Désiré Truchet entendit la réflexion :

— Eh bien, mon vieux, fit-il, tu n'es pas dégoûté !... On t'en servira à la douzaine, des gentilles petites femmes comme ça !... C'est pas ton tour, mon vieux... Faudra attendre !...

Mais Georgette était toute rouge de confusion.

Tout un travail se faisait dans son esprit.

Elle venait de comprendre, la pauvre petite, qu'elle n'était qu'un jouet pour Désiré Truchet, et qu'une machine à plaisir pour tous ces jeunes hommes.

Elle en éprouva une grande peine ; mais n'en fit rien paraître.

Docilement, elle suivit Désiré et ses amis à leur habituel petit restaurant à soixante-dix francs la pension mensuelle.

C'était la première fois qu'elle y entrait ; car Désiré, durant la première semaine, avait jugé bon de garder Georgette pour lui tout seul ; et ils avaient pris leurs repas dans une autre gargote.

Désiré fut accueilli par le patron, qui s'appelait M. Hubin, avec un sourire paterne.

C'était un gros homme à face de lune, âpre au gain, alcoolique, mais au demeurant le meilleur fils du monde.

— Je croyais que vous ne vouliez plus venir ici, dit-il, parce que vous me devez quarante-six francs soixante-cinq...

— Mais non, ce n'est pas ça !

— Ç'eut été bien mal à vous ; parce que moi, voyez-vous, je n'aime pas tracasser les gens... Tout le monde est là pour le dire... Si quelquefois je suis obligé de demander l'argent qu'on me doit, c'est toujours parce que j'ai des fournisseurs qui ne sont pas commodes, et qui menacent de me faire des misères si je ne les paie pas...

— Mais oui, fit Truchet en arrêtant d'un mot ce verbiage... Et non seulement, père Hubin, je reviens chez vous, mais je vous amène une nouvelle cliente, ma maîtresse Georgette...

Un large sourire épanouit la face morose du restaurateur.

— Ça c'est bien ! fit-il avec une satisfaction qu'il n'essaya pas de dissimuler.

M. Hubin n'était nullement inquiet désormais au sujet de sa créance.

Cinq ou six fois déjà, Truchet avait amené dans son restaurant des petites femmes.

Elles n'y restaient jamais plus d'une quinzaine, mais elles s'arrangeaient toujours pour partir de chez lui en laissant un excellent souvenir et en réglant leur compte.

Deux d'entre elles avaient même payé chacune un mois de la pension de Désiré, qui s'était endetté à cause d'elles, durant le temps toujours très court de leurs relations amoureuses.

Le père Hubin s'y connaissait en jolies filles ; et sa nouvelle cliente lui parut si belle qu'il eut été tout prêt à ouvrir un crédit de six mois à l'expéditionnaire et à sa nouvelle maîtresse.

Quand le dîner fut fini, le père Hubin s'avança

majestueusement, avec l'air qu'il prenait dans les graves circonstances.

Il brandissait un litre d'eau-de-vie de Dantzig, et il servit une tournée générale.

— C'est pour fêter le retour de l'enfant prodigue ! fit-il sentencieusement et en souriant de toute la largeur de sa face rubiconde et coûperosée.

Le mot parut joli, et on lui fit un succès d'estime.

Truchet voulut bien essayer de convaincre le patron qu'il n'était pas un enfant prodigue, puisqu'il n'avait jamais quitté ce restaurant.

Mais il s'embrouilla à souhait dans ses explications ; il mêla dans une sorte de salade russe, la bible, l'histoire ancienne et la mythologie...

Bref il fut honni et conspué par tous de belle manière :

— Tu n'es même pas un enfant prodige ! dit un des pensionnaires tout heureux de l'occasion de placer un calembour.

Tardieux et Brulot faisaient des yeux en coulisse à Georgette, au grand ennui de Beausire qui n'osait plus s'aventurer à lui conter fleurettes et qui ne cessait de la dévorer d'un regard luisant et convoiteux.

En rentrant dans leur chambre, comme Georgette, plutôt bavarde à l'accoutumée, restait muette, Désiré lui demanda ce qu'elle avait...

— J'ai... que je vois bien que tu ne m'aimes plus, répondit-elle...

— Moi ?... En voilà des idées !... Et pourquoi cela ?

PREMIER PAS

R.F.

— Tu souffres que tes amis me manquent de respect !

— Oh ! là, là... Voyez-vous la duchesse !... Qu'est-ce qu'ils t'ont dit, mes amis ?... Qu'est-ce qu'ils t'ont dit ?

— Ils ne me plaisent pas, voilà tout... Ils ne sont pas convenables... Ils me traitent comme une grue !...

Désiré Truchet venait d'enlever sa première bottine. Il s'arrêta de déboutonner la seconde et partit d'un grand éclat de rire...

— Ils te traitent comme une grue ! s'écria-t-il... Et où serait le mal ?... Ils te traitent comme une belle fille, pardi !... parce que tu es une belle fille !

— Il y en a un qui a fourré sa main dans mon corsage !

— Beausire!... J'ai bien vu... Où est le mal ?

Devant cette mauvaise foi ou cette inconscience, Georgette Vachain se sentit pâlir de colère.

— Je te croyais un honnête garçon, fit-elle d'une voie sourde... Mais, je crains bien de m'être trompée !

— Ah ! assez de manières ! commanda Truchet encoléré subitement... Tu verras mes amis si ça me plaît que tu les voies... Ils te feront la cour si ça leur plaît... Moi, je m'en moque comme de la *colle à tampon !*

Georgette Vachain regarda Désiré avec ses grands yeux bleus, devenus fixes et hagards.

Il y passa comme un nuage de mépris et de haine.

Elle était sûre à présent que Désiré ne l'aimait pas.

Quelques larmes roulèrent le long de sa joue, et elle se coucha, résignée, auprès de celui qui avait été son premier amant.

Mais, à partir de cet instant, la lune de miel des tourtereaux était bien finie.

Peu à peu, Georgette se fit à ses nouvelles habitudes.

Au lieu de répugner à aller au café des expéditionnaires ou à leur restaurant, elle s'y rendait maintenant avec plaisir.

Sa crise sentimentale, quand elle avait vu clair dans le jeu de Truchet, avait été douloureuse ; elle n'avait pas été longue.

Elle n'aimait plus Désiré Truchet, mais elle le subissait par habitude ; dans l'attente de quelque aventure nouvelle où elle pourrait être sûre d'être vraiment aimée.

L'expéditionnaire laissait son amie entièrement libre de faire ce qu'elle voulait.

Les premiers jours de sa liaison, elle avait parlé de chercher du travail ailleurs que dans la raffinerie du quai Valmy où, naturellement, elle n'était pas retournée depuis sa fuite de chez ses parents.

En homme pratique, Désiré lui avait répondu :

— De quoi ? Tu vas aller t'esquinter dix heures par jour sur un travail de couture pour gagner quarante sous !... Tu serais trop bête, tu sais... Tu feras ce que tu voudras ; mais tu as mieux à faire !

— Quoi ? avait demandé ingénûment Georgette.

— Je te dirai cela plus tard, avait répondu Truchet qui n'osait pas parler encore.

Seulement Georgette savait maintenant à quoi s'en tenir sur la moralité du jeune expéditionnaire.

Elle comprenait fort bien qu'il ne lui aurait pas déplu qu'elle fît la noce.

Depuis qu'elle était à Paris, Georgette marchait de surprise en surprise.

Elle ne savait plus distinguer ce qui était bien de ce qui était mal, les choses morales des choses infâmes.

Sa petite âme de provinciale naïve se fit lentement passive et résignée.

C'était peut-être son sort, après tout, de devenir une catin !

Et, depuis quelque temps, elle connaissait deux catins qui, quoique catins, étaient d'excellentes filles.

Georgette Vachain s'était, en effet, liée d'amitié au restaurant Hubin, avec deux jeunes femmes qui y venaient prendre leurs repas lorsque leur budget s'équilibrait mal.

Elles s'appelaient Andrée et Roberte.

Peu à peu, Georgette prit l'habitude de paresser très tard au lit, en lisant des suppléments illustrés et en fumant des cigarettes.

Puis, elle faisait longuement sa toilette, en se poudrerizant comme elle l'avait vu faire naguère à la grosse Mme Bellardin, du temps où elle était sa femme de chambre.

Un jour, elle vint déjeuner avec une telle couche

de poudre de riz rose sur les joues, que Roberte ne put s'empêcher de lui faire remarquer qu'elle exagérait les doses.

— D'ailleurs, ajouta Andrée, quand on a un teint aussi frais que le vôtre ; il vaut bien mieux ne point se mettre de poudre.

Les trois jeunes femmes en arrivèrent vite à se tutoyer, car elles avaient sympathisé dès la première rencontre.

Andrée était fort bien élevée.

C'était la fille d'un maréchal-des-logis de gendarmerie du département de la Sarthe.

Elle prétendait avoir obtenu son brevet d'institutrice, ce qui était possible ; et passait pour préférer l'intimité des femmes.

Quand on la sommait de s'expliquer sur ce point ; elle répondait qu'elle en était arrivée là par dégoût de tous les hommes en général, mais surtout de son premier amant, qu'elle avait adoré, et qui l'avait lâchée brutalement sur le pavé de Paris, quand il avait eu assez d'elle.

Roberte, boulotte et bruyante, adorait l'absinthe et parler gras.

Elle était la fille d'un maître-maçon de Tulle.

Georgette reçut, de ses deux amies, des conseils pratiques :

— Désiré, c'est un petit mufle et une *purée* ! disait Roberte.

— Il n'est même pas joli garçon ; et il te lâchera au premier moment, ajoutait Andrée... Pourquoi ne t'amuses-tu pas un peu sans t'occuper de lui ?... Tu ne seras pas toujours jeune... Tu ne resteras pas toujours aussi jolie !... Va, tu as bien le temps de battre la dèche et de te sacrifier pour un homme !

— Si tu voulais, tu aurais des louis pleins tes poches ; et ton type n'y verrait que du feu !

— Et puis, il faut te faire une situation !... Tu es jolie, Georgette ; il ne tient qu'à toi de ne pas te conduire en petite dinde...

Moins de trois semaines après, Georgette arborait une robe neuve, un chapeau seyant, avec de grandes plumes et d'exquises bottines jaunes, chef-d'œuvre d'un grand bottier du boulevard Haussmann.

Georgette maintenant sortait le soir avec ses amies.

Elle fréquentait avec elles les boîtes à femmes les plus en vogue : les Folies-Bleues et le Moulin-Vert...

Ce qui la désolait, à présent qu'elle avait pris goût à ce genre de vie, c'était de n'être pas assez *chic*, croyait-elle, pour aller lever des *michets* au « Camélia », où se rendaient des dames très haut tarifées.

Désiré Truchet, loin de prendre ombrage, se montrait ravi.

Tout en n'abandonnant point sur Georgette ses droits de premier amant, il vivait avec elle sur un pied de bonne camaraderie ; et il lui demandait même parfois de petites sommes pour la manille.

Georgette ne refusait jamais ce genre de service ; et cela lui coûtait d'autant moins de se rendre agréable à Désiré, qu'elle avait toujours maintenant son porte-monnaie gonflé d'or.

Roberte et Andrée ne se montraient point jalouses de Georgette; car elle était vis-à-vis d'elles, aussi généreuses qu'avec le Truchet.

Grâce à Georgette Vachain, les deux amies s'étaient somptueusement nippées de neuf des pieds à la tête.

Aussi, un soir, accompagnées de la pseudo-Mme Truchet, car elles étaient toutes les trois inséparables dans leurs sorties, se risquèrent-elles au « Camélia », l'endroit de Paris où se retrouvaient les grues les plus élégantes et les messieurs les plus généreux.

Un vieux marcheur, authentique prince russe qui mangeait à Paris des rentes considérables, se trouvait, ce soir-là, au « Camélia », dont il était un des plus fidèles habitués.

Il vit Georgette Vachain, la trouva fort belle et même très élégante.

De suite, il l'aborda, lui proposa de l'emmener souper ; mais il ne voulut point qu'elle se fit accompagner par ses deux amies.

Georgette suivit le prince et monta avec lui dans son coupé.

Andrée et Roberte furent bien un peu dépitées d'avoir été laissées de côté, mais elles n'en firent rien paraître, et ne se répandirent point en récriminations vaines.

— Que veux-tu, dit seulement Andrée, Georgette

est si jolie qu'il en a été et qu'il en sera toujours de même quand nous sortirons avec elle...

— Somme toute, fit Roberte, nous lui servons de *repoussoir* à ce que je vois...

Là s'arrêtèrent leurs propos.

Elles se laissèrent offrir quelques consommations par de corrects gentlemen ; mais elles ne réussirent, ni l'une ni l'autre à se faire inviter à souper.

— C'est rasant, s'écria Andrée en montant en fiacre en compagnie de son amie... Rentrons donc tout de suite nous coucher plutôt que d'aller nous éterniser sur des banquettes de café...

— J'aime autant ça, moi, s'exclama Roberte... Pour ce que ça m'amuse de faire ce métier-là !... Décidément, je crois qu'y a plus rien à faire à Paris... Faudra que j'trouve autre chose !

— Heureusement que Georgette est une bonne fille et qu'elle nous aide !

— Oui, heureusement !... Sans ça, vraiment, je sais pas si je boufferais tous les jours !

— Et dire qu'il y en a qui nous envient de faire la noce, qui croient que c'est amusant ! continua Andrée toute mélancolique.

— C'est des dindes qui ne savent pas !... conclut Roberte tristement.

Mais déjà les deux amies étaient arrivées devant leur porte.

Elles payèrent généreusement le cocher et montèrent ensemble l'escalier de l'immeuble où elles habitaient, porte à porte.

Désiré Truchet se félicitait chaque jour davantage d'avoir mis la main sur Georgette Vachain.

En honnête garçon, il avait payé le père Hubin son gargotier, et remboursé toutes les petites dettes qu'il avait par-ci, par-là.

Maintenant il offrait des tournées à ses collègues, et même leur prêtait de l'argent par louis et demi-louis.

Il s'était soudainement découvert une vocation irrésistible pour les excellents cigares. Aussi ne fumait-il plus que des londrès ou des cigares-bock. Il abusait même de ces derniers, qui coûtaient plus cher.

Désiré Truchet nageait dans le plus parfait bonheur.

Georgette habitait toujours avec lui.

C'est chez lui qu'elle avait ses bijoux récents et ses robes nouvelles.

Elle rentrait quand elle voulait, quand elle pouvait, en plein jour, comme au milieu de la nuit ; Désiré était toujours content de la recevoir.

Il lui ouvrait les bras, et l'embrassait à pleines lèvres.

Car, au fond, maintenant qu'il voyait que Georgette se débrouillait, réussissait au-delà même de ce qu'il aurait pu croire ; il sentait qu'il aimait beaucoup la jeune fille.

Il ne fallait pas être un psychologue profond pour deviner que son amour croissait en raison directe de l'argent que Georgette lui donnait, ou était en mesure de lui donner.

Les premières demandes dans ce sens avaient été timides, et il avait rougi.

Mais, voyant que sa belle maîtresse n'attachait aucune importance à ces détails, il ne se gêna plus.

Et maintenant, dès que Georgette rentrait, il prenait sa part du butin qu'elle avait conquis dans les lits des hôtels louches ou sur les banquettes des cabinets particuliers.

Il continuait de se rendre chaque jour au ministère, mais ce n'était plus qu'en rechignant qu'il y allait.

Outre qu'il faisait maintenant de trop longues stations dans les cafés et qu'il se réveillait chaque matin la gorge sèche, il prenait de nouvelles habitudes plus conformes à sa nouvelle situation de garçon bien appointé.

Désiré Truchet, se sentait maintenant de véritables dispositions pour les jeux d'argent et pour les courses de chevaux.

N'ayant que le dimanche de libre, on ne voyait que lui ce jour-là à la pelouse.

Une fois même il s'était risqué au pavillon.

Heureux en amour, Désiré ne devait pas faire mentir le proverbe ; il fut malheureux au jeu, à tous les jeux.

Mais, en faisant ses comptes, il constata que c'étaient encore les courses qui lui coûtaient le plus cher.

Il attendait Georgette à présent avec la même anxiété que les Juifs attendent le Messie.

Et, dès qu'elle arrivait il lui exposait ses ennuis.

— J'ai tout perdu au baccarat, disait-il...

Ou bien :

— J'avais mis de l'argent sur un sacré *canard !...* Il était « dans les choux ! »...

Georgette commençait à se faire tirer l'oreille, car c'étaient de vraies sommes que le Truchet exigeait d'elle maintenant.

— Je t'ai encore donné trente francs hier !

— Qu'est-ce que tu veux ? Je les ai perdus... On m'avait donné un tuyau : sur Madame Manchaballe !... C'est Manitou qui était au poteau !...

Georgette se lassa de ces perpétuelles saignées à sa bourse.

Elle se plaignit même auprès de Roberte et d'Andrée de l'exploitation en règle que son amant lui faisait subir.

— Tu n'es pas la première à qui il fait ça, va ! dit Roberte...

— Tu as tort de rester avec un petit maquereautin pareil, je te l'ai toujours dit, ajouta Andrée... Et si tu me croyais...

— Eh bien ?

— Eh bien, tu le balancerais... Et dare dare !

— Pour sûr ! s'exclama Roberte d'une voix de rogomme.

Georgette Vachain résolut sur l'heure de parler sec et ferme Désiré.

Il cesserait de lui demander de l'argent, ou bien elle le quitterait.

Quand il fallait avoir de l'énergie elle en montrait. N'avait-elle pas déjà abandonné ses parents, qu'elle aimait malgré tout ?

Or, Truchet ne l'avait point conquise tout entière ; elle ne l'aimait plus que d'un amour mitigé de mépris.

Le soir même, Désiré voulut recommencer à demander de l'argent à Georgette.

Celle-ci refusa net :

— Non. Je n'ai pas d'argent. Et même si j'en avais il ne serait pas pour toi !

— Pourquoi cela ?

— Parce que tu abuses...

Le Truchet se fit très humble :

— Dame ! dit-il d'une voix piteuse, ce n'est pas ma faute à moi si je ne suis pas riche !... Qu'est-ce que tu veux, je n'ai que ce que je gagne... Et puis enfin, voyons, ça n'a pas d'importance puisqu'on doit rester ensemble toute la vie et qu'on doit même se marier un jour...

Mais Georgette haussait les épaules.

— Si tu espères ça, s'écria-t-elle, mon vieux Désiré, tu te mets le doigt dans l'œil.

— Ah ! bah !... Et pourquoi ?

— Pourquoi ? Mais parce que je ne tiens pas tant que cela pour ma part à rester avec toi...

Désiré Truchet se sentit mordu à ce qui lui servait de cœur par tous les serpents de la jalousie.

— Tu en aimes un autre! rugit-il...

D'une voix calme et résolue, Georgette répondit :

— Je n'aime personne...

— Et moi, tu ne m'aimes pas?

— Je t'ai aimé... Mais, qu'est-ce que tu veux, je suis changeante moi aussi... Et maintenant je ne t'aime plus, parce que j'ai vu trop clair dans ton jeu.

— Qu'est-ce que tu veux dire?

— Rien...

— Ça ne se passera pas ainsi, s'écria Truchet... Je te somme de t'expliquer... Qu'est-ce que tu veux insinuer en disant que tu as vu clair dans mon jeu?

— Rien...

Exaspéré, le Truchet bondit vers Georgette et lui saisit les poignets, qu'il serra de toutes ses forces :

— Parleras-tu!

Georgette se débattit et lui jeta en plein visage cette injure cinglante :

— Maquereau!... Tu n'es qu'un maquereau!

Désiré Truchet leva le bras droit et abattit avec violence sa main sur la figure de Georgette.

La gifle fut sonore.

Une bouteille était à la portée de la main de Georgette.

Elle s'en saisit et s'écria en la brandissant :

— Si tu fais un pas de plus vers moi, je te la casse sur la figure... J'ai été battue par mon père; mais je te le jure bien; jamais aucun autre homme ne lèvera la main sur moi... Allons, avance donc, grand lâche...

Avance donc, maquereau!... Fais donc un pas en avant, si tu l'oses...

Le Truchet n'était pas d'une nature très brave.

Il baissa le ton:

— En voilà-t-il des histoires, pour un petit moment de mauvaise humeur... Allons, veux-tu faire la paix?

Georgette éprouvait pour la bassesse d'âme de son amant autant de pitié que de colère.

— Faire la paix!... Ah! non par exemple... Si tu crois que j'oublierai jamais cette gifle!... Tu peux chercher une autre maîtresse, une autre bonne « poire » qui t'entretienne... Mais, quant à moi, n, i: ni, fini!... Tu peux te dire que c'est fini!

— Mais non, voyons... Ce n'est pas possible...

— Tu le verras bien... D'abord, je vais commencer par faire enlever de cette chambre tout ce que j'ai à moi!... Et puis après, nous verrons...

Précipitamment, Georgette descendit l'escalier, et elle alla chercher un commissionnaire.

Truchet avait d'abord eu, en voyant entrer le commissionnaire, un mouvement de colère.

— Tout ce qui est ici est à moi! s'écria-t-il... C'est moi qui paie la chambre!... Rien ne sortira d'ici!

— Si tu ne me laisses pas prendre toutes mes affaires, tout ce qui est à moi, menaça Georgette, je te jure que j'irai porter plainte, dès demain matin, à ton ministère... On me recevra, va!... Car, je connais justement depuis huit jours, un de tes chefs de bureau.. Réfléchis... Veux-tu, oui ou non, me laisser emporter toutes mes affaires?...

— Fais comme tu voudras, répondit Désiré Truchet complètement anéanti par le désastre de ses rêves d'avenir facile et confortable...

Il regardait, d'un œil terne, faire des paquets.

— Tu me diras bien où tu vas, au moins, demanda-t-il humblement et en levant vers Georgette un regard suppliant.

— Non... Je vais où il me fait plaisir d'aller... Ça te ne regarde pas...

— Je ne te reverrai plus jamais? questionna-t-il avec des larmes dans les yeux.

— Je ne te dis pas ça... Plus tard, quand tu seras calmé, je reviendrai peut-être te voir; mais il me faudra le temps d'oublier ta gifle...

Les paquets étaient faits.

Le commissionnaire se les chargea sur l'épaule, et descendit l'escalier, suivi de Georgette qui avait refusé d'embrasser le Truchet, affalé sur une chaise, l'œil morne et ruminant les plus lugubres pensées.

Georgette alla tout d'abord loger dans un hôtel de la rue Blanche.

Elle y resta une quinzaine de jours.

Mais, conseillée par un de ses amants du Moulin-Vert, une sorte de rastaquouère qui vivait des métiers les plus louches, elle fut conduite par lui chez un tapissier du quartier de l'Europe, qui consentit à lui meubler trois pièces rue de Sadowa.

L'appartement fut décoré de tentures tapageuses, et meublé élégamment.

Le tapissier avait pris d'ailleurs toutes les précautions d'usage et toutes ses sûretés pour être sûr de rentrer largement dans ses frais, y compris les dix louis de commission qu'il avait versés au rastaquouère complaisant, pour le remercier de lui avoir amené une nouvelle cliente.

Un avoué de province, récemment élu député, paya le premier terme de l'appartement de la rue de Sadowa.

Il promit en outre trois cents francs par mois.

L'avoué-député laissait d'ailleurs la plus large liberté à sa petite amie.

Le Paris d'été, ravagé par l'impitoyable canicule, impressionna tristement Georgette dans sa nouvelle situation.

Son député avait rejoint les électeurs de sa circonscription ; mais, par une économie provinciale, il avait jugé bon de suspendre pendant les vacances, la pension mensuelle de trois cents francs.

Puis, Andrée était à Saint-Lazare, compromise dans une grave affaire de mœurs, une histoire de saphisme qui faisait scandale.

Roberte, que la chance favorisait de moins en moins, avait fini pas accepter les propositions d'un courtier en prostitution, et partait pour Hambourg à des conditions avantageuses.

— Ma chère, dit-elle à Georgette qui était allée la conduire à la gare ; au moins je vais boire des bocks à bon marché... Dans ce cochon de Paris, y a vraiment trop d'femmes honnêtes pour nous faire concurrence!... Le métier n'va plus; je m'esbigne!... Et puis, ajoutait-elle en faisant saillir ses hanches, je vais rattraper les milliards de Soixante-dix à la force du ...

Le mot se perdit dans le sifflement du train qui partait.

Seule désormais, car elle n'avait pas consenti à recevoir Truchet, qui venait d'être révoqué pour dettes et qui avait appris facilement sa nouvelle adresse, Georgette se mit à nocer férocement avec les premiers venus.

Elle soupa presque chaque soir, se grisa, s'enhardit, devint experte à discerner le *michet* à de menus détails: la forme des chaussures, les manchettes, la chaîne de montre, la timidité, indice d'inexpérience.

Elle eut de l'argent, le dépensa et s'ennuya.

Souvent, elle songeait à ses parents, qui avaient dû tout de même avoir bien de la peine, eux qui avaient été si bons pour elle quand elle était petite!

Quand ces idées-là lui venaient, elle buvait de l'absinthe, ou des boissons américaines, coup sur coup, n'importe quoi, pour ne plus penser à cela.

Ces souvenirs l'assaillirent si vivement, un après-midi qu'elle était restée au lit à fumer et à lire, en compagnie de sa petite chienne Mirza, que vers quatre heures, elle n'y tint plus...

BIBLIOTHÈQUE NATIONALE R.F.

Elle s'habilla, prit son porte-monnaie, descendit dans la rue et hêla un cocher de fiacre.

IV

LA VISITE

Boulevard de Belleville, la misère avait crû.

Les meubles avaient été vendus, les bijoux et les draps engagés.

Mme Vachain, avec le produit de ses ménages, nourrissait seule son mari, devenu de plus en plus ivrogne et paresseux.

Il ne cherchait même plus d'emploi.

En revanche, il suivait assidûment les réunions publiques, où il trouvait de petites sommes à gagner comme membre du bureau, interrupteur, ou propagandiste des idées politiques, quelles qu'elles fussent :

— Y a à travailler pour un abbé !

— Qu'est-ce que ça fiche, pourvu qu'y casque !

Et Vachain allait applaudir ou interrompre, suivant le cas.

Mais, le métier d'agitateur politique comporte de longs chômages.

Vachain, alors, en était réduit à crier les placards de la rue du Croissant, à s'embaucher à l'époque des déménagements, voire le plus souvent à *faire des mégots*.

En somme, la misère la plus noire.

Mme Vachain s'était avisée de faire écrire, par un fourrier de la garde républicaine qui habitait dans la maison, une lettre mi-suppliante, mi-comminatoire à Mme Bellardin.

Ils reçurent en réponse, avec un mandat de cent francs, un laconique billet de Mme Jacquelin:

La châtelaine avait pris des renseignements... Elle n'avait que trop fait pour une famille que la mauvaise conduite et la paresse rendaient indigne de ses bontés... Les Vachain feraient bien de travailler et de se tenir tranquilles. Madame Bellardin n'ayant nulle envie de s'occuper d'eux, ni d'une gourgandine telle que leur fille.

Un acompte sur le terme donné, l'ardoise de Vachain chez le mastroquet payée, il ne resta rien du billet bleu.

Puis, la détresse du ménage s'aggrava d'un surcroît de charges.

Leur nièce, la petite Léontine, qui allait maintenant sur ses seize ans, débarqua un beau jour de Sablon-les-Charmes, où son père venait de mourir.

Seule au monde, sans protection, elle n'avait pas cru que son oncle et sa tante pussent refuser de la garder pendant quelque temps, en échange de son travail.

C'était une fillette d'une pâleur de chlorose, d'une maigreur gauche de fille d'usine, plus habituée à l'alcool qu'à une nourriture substantielle.

Avec ses grands yeux un peu vagues, ses cheveux

noirs comme du jais, et sa bouche déjà flétrie d'enfant vicieuse, elle charma les Vachain par sa douceur et sa passivité.

Elle allait aux commissions, nettoyait tout, possédait même l'art d'arracher Vachain au comptoir du mastroquet, quand le zanzibar se prolongeait par trop avant dans la soirée.

Une fois, on l'envoya vendre des fleurs, du papier à lettres et des crayons, avec un éventaire que Vachain avait menuisé à ses heures de loisir avec des débris de caisses de chez l'épicier.

Elle revint pleurante ; car elle avait été houspillée par les agents et par des concurrentes, qui l'avaient traitée de *gourde* et de *croquante*.

Quand, à la tombée de la nuit, le fiacre aux roues caoutchoutées de Georgette Vachain fit tintinnabuler ses sonnailles devant la maison du boulevard de Belleville, des gosses faméliques, à qui de vieux vestons descendant jusqu'aux pieds tenaient lieu de pardessus, crièrent : « A la chienlit ! »

Mais, Georgette n'y prit garde.

Enjambant d'un saut le pavé gras, elle tocqua deux petits coups secs aux carreaux à coulisse, d'où la concierge — araignée par le dessin, poulpe par la couleur ; au total, la plus hideuse mégère — s'apercevait, se tirant des cartes à elle-même, dans l'auréole rougie d'une lampe fumeuse.

— Monsieur et madame Vachain, demanda Georgette à qui le cœur manquait déjà.

— Les Vachain ? Au fond de la cour à gauche...

Et, se précipitant aux carreaux :

— Mince de gigolette !... Mais c'est la môme aux Vachain !... Ben ! Elle est devenue rien *bath* !

Tout au fond de la cour, où les éviers et les plombs soufflaient des trombes de pestilences, Georgette était déjà arrivée à ce taudis humide qu'elle connaissait bien ; et, rouge d'émotion, elle tapotait le bois crasseux, impatiemment.

— C'est toi, tonton Vachain ? fit une voix traînarde à l'intérieur.

Et la petite Léontine, en camisole déchirée, les pieds dans des chaussons de lisière, se montra — telle une image pitoyable de la Misère — dans le cadre éclairé de la porte.

Elle recula d'étonnement à la vue de la belle dame parfumée :

— Ma tante ! ma tante !

Mais Georgette était déjà dans les bras de sa mère.

Comme elle était vieillie, la pauvre femme !...

Ce n'était plus la ménagère corpulente, proprette, presque bourgeoise d'autrefois.

Sous le corset rapiécé, la gorge, autrefois drue, coulait sur la carcasse amaigrie comme un paquet de choses molles jetées au tas. Les gouttières des yeux, retournées, se prolongeaient en ravins de rides symétriques. La bouche avait perdu le pli du sourire. Les dents étaient gâtées, les pommettes saillantes ; et le dos se courbait, comme écrasé par un invisible fardeau.

Sous un mouchoir bleu plié en triangle, la calvitie presque complète laissait voir, entre de rares mèches blanches, les sutures du crâne.

La fièvre et la faim illuminaient d'une flamme sinistre les prunelles décolorées.

Georgette demeura épouvantée...

Ce furent des larmes et des larmes!

Elle embrassait sa mère, lui tamponnait les joues de son petit mouchoir de soie, tandis que derrière sa tante, Léontine, effarée, contemplait cette scène d'un regard stupide.

La crise de sanglots un peu calmée, Georgette jeta les yeux autour d'elle.

Le papier, arraché des murs, laissait voir le plâtre où des noms et des adresses étaient écrits au charbon.

Les meubles se réduisaient à deux caisses pour s'asseoir, le poêle-cuisinière de fonte et le grabat pour se coucher...

Tout le reste avait été vendu, engagé ou saisi.

Georgette allait parler, raconter à sa mère qu'il n'y avait pas de sa faute, qu'elle n'avait pas pu éviter de faire comme les autres jolies filles que la province envoie vers l'Ogre...

Mais, un coup de poing ébranla la porte...

Vachain rentrait, ivre, et glorieux d'une pièce de cent sous rapportée du Tivoli-Vaux-Hall.

A la vue de Georgette, il fut la proie d'un accès de rage indescriptible :

— Vas-tu fiche le camp, espèce de garce!... Tu

fais l'désespoir de mes ch'veux blancs !... J'ai juré qu'tu mettrais pas les pieds ici !... Allons, ouste !..

Et de sa main brutale, il empoignait sa fille par une épaule, et la poussait dans la cour.

— Vas-tu fiche le camp, nom de Dieu !

— Vachain !... Voyons, Vachain ! protestait la mère en retenant son mari par le bras.

— Toi, fiche-moi la paix aussi... J'en ai pas besoin d'son pognon !... Tiens...

Et il jeta, sur un coin de la cheminée, une pièce de cinq francs qui tinta.

Puis, il s'assit, la tête aux poings, assommé d'alcool et de colère.

Il continua à invectiver sa fille avec des imprécations entrecoupées, pendant que Mme Vachain, suivie de Léontine, courait après Georgette pâle d'épouvante, et qui répétait à travers ses larmes :

— Non !... Non !... Jamais je ne reviendrai !... J'ai peur de papa ! Il me tuerait !... Tiens, maman, voilà de l'argent pour toi... Ce n'est pas ma faute, ce qui est arrivé... Je t'en enverrai encore... Adieu...

— Mais, tu as bien vu qu'il était saoul !... Il s'est mis à boire cet homme, pour noyer son chagrin... Tiens, ton beau corsage de soie mauve, voilà sa main marquée dessus à présent !

— Ça ne fait rien ; ça ne fait rien, dit Georgette... Tu as ces quatre louis ; je t'en enverrai d'autres... Adieu...

Elle embrassa vivement sa mère et Léontine, et

sauta dans le fiacre qui, sur un signe d'elle au cocher, descendit à grande allure le boulevard.

Les voisins, sur les portes, ne se gênaient pas pour échanger de grosses plaisanteries.

— Y en a qui gagnent plus à rester au *pieu* que d'autr's à s'lever matin ! dit un terrassier en culotte de velours.

— Elle est belle fille ! fit une petite ouvrière, que l'idée de faire la noce démangeait... Moi, j'comprends ça quand on réussit !

— Pour sûr ! soupira un petit mécanicien qui posait au joli garçon... Pour sûr aussi que j'aimerais mieux qu'elle me tombe dans l'lit que l'tonnerre !

— Moi, j'y ferais ben la danse du ventre ! dit du coin de la lèvre un grand garçon pâle, souteneur avéré.

Léontine écoutait de toutes ses oreilles.

De grandes éclaircies se faisaient dans son intelligence un peu lente.

Vachain, sur l'ordre de sa femme, dut la rappeler.

Il passa sur Léontine sa mauvaise humeur :

— Toi, tâche de filer doux ; ou sans ça, gare la casse !... V'la cent sous, tiens... Va nous chercher à bouffer.

Léontine revint, cinq minutes après, avec un litre, un kilogramme de pain et de la charcuterie.

Elle ne souffla mot de toute la soirée.

Son esprit était tout préoccupé par sa jolie cousine.

Elle se demandait pourquoi elle avait de si belles robes, pourquoi elle avait de l'argent, pourquoi elle se mettait des parfums qui sentaient si bon...

A force d'y réfléchir elle comprit vite que Georgette n'était une belle madame que « parce qu'elle avait quitté ses parents !... »

Bien ; mais alors, pourquoi son père l'avait-il frappée ?...

Pourquoi lui avait-il défendu de revenir ?...

Pourquoi était-il si en colère ?...

Pourquoi sa mère s'était-elle cachée de son mari pour recevoir les quatre-vingts francs que lui avait donnés Georgette.

Léontine, malgré ses efforts d'imagination, ne pouvait arriver à comprendre...

V

LA TRAITE DES BLANCHES

En voyant sortir Georgette Vachain toute en larmes de chez ses parents, la concierge, qui avait entendu le bruit de la querelle, et qui en avait compris les motifs, avait levé les épaules et murmura :

— Sont-ils bêtes ! Non, mais sont-ils bêtes !... Ça crève la faim, et ça méprise sa fille, qu'à l'air de gagner beaucoup d'argent !... Idiots, va !... Mais, gare à eux, s'ils ne paient pas leur prochain terme !...

La concierge s'appelait Mme Adolphe, ou mieux, par une abréviation faubourienne : Mame Adolphe.

Du temps où elle avait été jeune et pas trop laide, elle avait eu beaucoup d'aventures galantes.

Elle ne manquait point d'amoureux, car elle passait pour jouir d'un merveilleux tempérament et d'une science réelle dans l'art de savoir s'attacher les hommes.

Elle avait d'abord été blanchisseuse ; puis elle avait fait la noce jusqu'à trente-cinq ans.

A ce moment, elle fut épousée par amour et intérêt, par un blanchisseur qui s'appelait M. Adolphe, et dont la femme venait de mourir.

Mme Adolphe redevint donc blanchisseuse.

Elle sut conserver la clientèle de sa maison, même l'augmenter quelque peu ; et son mari eut eu tout lieu de s'applaudir de son choix, si sa femme ne lui avait pas donné de graves sujets de mécontentement à cause de sa conduite.

Elle passa vite dans le quartier pour être d'une nature très accueillante.

Aussi, chaque fois que le mari s'absentait, une foule de galants défilaient-ils, l'un après l'autre, dans la boutique, sous le fallacieux prétexte d'apporter du linge sale ou de remporter du linge propre.

Le pauvre M. Adolphe n'ignorait rien de ses malheurs conjugaux, et il en souffrait beaucoup...

Par dépit, il se mit à boire, à boire crapuleusement.

Et, six ans après son remariage, il était emporté, en quinze jours, par une maladie du foie.

La veuve continua pour son compte à blanchir les gens du quartier.

Mais, avec la ménopause de sa quarante-cinquième année, elle s'assagit ; ses sens satisfaits ne lui causèrent nuls tourments ; et elle cessa de désirer pour elle-même les satisfactions de l'amour génital.

Le hasard voulut que, vers la cinquantaine, elle trouvât une place de concierge.

L'aubaine était bonne ; elle en profita.

Elle vendit son petit fonds de blanchisserie à des conditions assez avantageuses, et elle s'installa dans sa loge du boulevard de Belleville.

Gourmande, cancanière, médisante, avare, ivrognesse, férocement méchante, elle ajoutait à ces défauts beaucoup de vices ignobles et cachés.

Mame Adolphe n'était jamais à court d'argent ; et pourtant nul n'ignorait qu'elle en dépensait beaucoup pour sa nourriture. C'était une des meilleures clientes de la grande épicerie du coin.

C'est que Mame Adolphe savait, comme on dit, se retourner dans la vie, et qu'elle n'était point embarrassée par de vains et bêtes scrupules moraux.

Dès le lendemain de la visite de Georgette Vachain à ses parents, Mame Adolphe, qui aperçut la petite Léontine, l'appela et la fit entrer dans sa loge.

— C'est ta cousine, n'est-ce pas, demanda-t-elle, cette belle dame qui est venue hier ?

— Oui, répondit Léontine non sans une certaine fierté... Oui, c'est Georgette !... C'est ma cousine.

— Mâtin ! Ce qu'elle est nippée !

— Oui, il paraît qu'elle gagne beaucoup d'argent...

Pour mieux délier la langue de Léontine, Mame Adolphe alla chercher deux verres.

— Tu prendras bien un mêlé-cassis, demanda-t-elle, histoire de trinquer avec moi ?

— Tout de même...

Les deux verres furent emplis un peu plus qu'à moitié.

— Ils avaient l'air de se disputer, hier, insinua la concierge... J'entendais Vachain qui criait !...

— Oui, tonton Vachain est rentré saoul ; et il a dit à Georgette qu'elle nous déshonorait tous... Et alors...

Un ricanement de Mame Adolphe vint interrompre Léontine.

— Et alors ?

— Et alors, Georgette est partie en pleurant, et en disant qu'elle ne reviendrait jamais...

Mame Adolphe ricanait de plus belle.

Elle levait les épaules avec un air d'indicible mépris :

— Qu'est-ce que tu penses de ça, toi ? demanda-t-elle à brûle-pourpoint.

— Dame !... Rien...

— Petite imbécile, reprit amicalement Mame Adolphe, tu ne vois donc pas que ton oncle et ta tante crèvent la faim et qu'ils n'avaient qu'à bien accueillir leur fille pour en obtenir de l'argent autant qu'ils auraient voulu !

— C'est vrai que je m'étais dit ça aussi, reprit Léontine...

— Ah ! tu vois bien... Tu aurais été moins bête qu'eux, hein, toi ?

— J'sais pas... répondit Léontine en baissant la tête.

— Tu sais pas... Tu sais pas... Tu es comme beaucoup ; tu es une petite dissimulée... Avec ça que tu ne sais pas ce que fait ta cousine !... Avec ça que tu n'a pas eu d'amoureux ?

— Ah ! ça, non par exemple ! s'écria Léontine... Ça, c'est pas vrai... Non, jamais j'ai eu d'amoureux !

Mame Adolphe n'en revenait pas.

Elle crut de suite, pourtant, ce que lui disait Léontine, car la petite s'était exprimée très sincèrement, cela se sentait.

Mame Adolphe, après cet aveu dépouillé d'artifices, se mit à considérer la jeune fille avec le plus grand intérêt.

Son regard fouillait les intimités les plus secrètes ; elle la déshabillait vraiment des pieds jusqu'à la tête.

Cette inspection ne fut point défavorable à Léontine, tant s'en faut.

Seulement Mame Adolphe jugea que, pour aujourd'hui, elle en avait assez dit.

Elle renvoya donc la nièce des Vachain ; mais elle se promettait bien d'avoir avec elle, et très prochainement, de nouveaux entretiens secrets.

Désormais, Mame Adolphe rechercha la conversation de Léontine ; et dans l'intimité de la loge sombre, elle s'amusait à la faire causer.

Mame Adolphe continuait à admirer la naïveté de la nièce des Vachain.

Il lui apparut clairement que Léontine était « neuve », qu'elle n'avait pas eu d'amant, ni à Sablon-les-Charmes, ni à Paris.

— C'est pas l'envie qui m'en a manqué quelquefois, avoua-t-elle dans un moment d'expansion... Mais jamais l'occasion ne s'est trouvée...

Une idée lucrative se faisait de plus en plus jour dans le cerveau de la vieille proxénète.

Comme certaines concierges des quartiers populeux, Mame Adolphe servait en effet d'intermédiaire à des entremetteuses plus lancées.

Elle vit tout de suite l'occasion d'une affaire.

Mame Adolphe se fit de plus en plus câline et mielleuse.

Léontine, à qui les robes et les parfums de sa belle cousine avaient donné beaucoup à réfléchir, fut un terrain tout préparé.

Après huit jours de friandises et d'entrevues secrètes avec Mame Adolphe, Léontine était décidée.

— Puis, tu sais, ce n'est pas si terrible que ça !... Il faut bien que toutes les jeunes filles y passent... Moi aussi j'ai été comme toi dans le temps...

Et la mégère éclatait d'un rire abject.

— Surtout pas de bêtises, ajoutait-elle... Tout ça entre nous... N'en jacasse à personne !

— Soyez tranquille !...

Finalement, il fut convenu que Léontine sortirait le mardi matin, sous prétexte d'aller chercher du travail.

Mame Adolphe la rejoindrait dans un endroit convenu, et la présenterait à une de ses amies, une personne d'âge, qui connaissait des messieurs très bien.

Le mardi matin, Léontine fut exacte au rendez-vous.

Mame Adolphe — qui avait fait garder sa loge par la femme qui la remplaçait ordinairement, — arriva un quart d'heure après, avec un bonnet à coques noires et sa petite pèlerine des grands jours.

Elle se montra pleine de gaîté et de prévenances, offrit l'apéritif, mena Léontine au bain, puis chez le coiffeur qui lui ondula légèrement les cheveux, enfin au restaurant, où Mame Adolphe réclama une bouteille cachetée.

Léontine, dès le dessert, n'avait plus aucune appréhension ; elle bavardait comme une pie.

Tout doucement, en flânant, on arriva auprès de la porte Saint-Denis.

Au deuxième étage d'une maison aux murs sales, Mame Adolphe s'arrêta devant une porte ornée d'une plaque de cuivre avec l'indication : « Modes ».

Une dame affable, à l'air distingué, sous une toilette noire, vint ouvrir, et fit à Mame Adolphe de grandes politesses.

Celle-ci présenta Léontine, tout intimidée à présent.

La dame en noir regarda la jeune fille avec une visible insistance...

Léontine lui apparut telle qu'elle était, ni belle ni jolie, mais point laide.

La nièce des Vachain était de taille moyenne.

Elle n'avait même pas ce qu'on est convenu d'appeler la beauté du diable, car ses traits étaient assez réguliers pour passer inaperçus.

Son teint était jaune ; et ses cheveux, quoique d'un beau noir, peu abondants.

Les mains et les pieds étaient maigres et d'un mauvais dessin.

La denture n'était pas d'un émail brillant ; mais les yeux, noirs de couleur, étaient bien fendus.

En somme, ce n'était point un gibier de choix, que l'on amenait à la dame en noir, à Mme Fumot.

Quoiqu'il en soit, Mme Fumot ne montra pas de désappointement.

Elle se fit au contraire aimable et maternelle.

Elle appela Léontine : « mon enfant », la caressa de la main, et tira d'un buffet une assiette de gâteaux secs et une bouteille de vin de Xérès.

Pendant que Léontine buvait son vin à petits coups, les deux vieilles dames chuchotèrent quelques instants.

Une oreille attentive eut pu discerner qu'il était surtout question de chiffres, de francs et de louis, dans la conversation de Mame Adolphe et de Mme Fumot.

Enfin la concierge fit un signe d'acquiescement.

— C'est entendu, dit-elle...

Et elle ajouta :

— Est-*il* déjà arrivé ?

— Oui, répondit Mme Fumot, *il* est là depuis une petite demi-heure... Attendez, je vais l'appeler...

Mme Fumot étendit la main vers la boiserie et appuya sur le bouton d'un timbre électrique, dissimulé derrière un pan de rideau.

Un toc-toc discret à la porte d'entrée précéda l'arrivée d'un personnage bedonnant, décoratif et d'une allure vraiment très respectable.

On l'appelait : « Monsieur le docteur. »

Vêtu de noir, la lèvre inférieure un peu pendante, le regard lubrique sous des sourcils blancs, il avait la face pâle et rasée.

Il affectait des allures paternes, démenties par la cruauté du sourire.

Cauteleusement, avec des éclats de rire forcé, il engagea la conversation avec Léontine, maintenant tout à fait enhardie.

Elle répondait en riant à ses agaceries et à ses jeux de mains.

Sur un coup d'œil de « Monsieur le docteur », les deux proxénètes s'éclipsèrent.

— Surtout, soyez bien sage, mon enfant ! avait recommandé Mme Fumot.

— Sois bien gentille avec le monsieur ! avait insisté Mame Adolphe.

La concierge fut menée par Mme Fumot dans un minuscule salon complètement entouré de banquettes

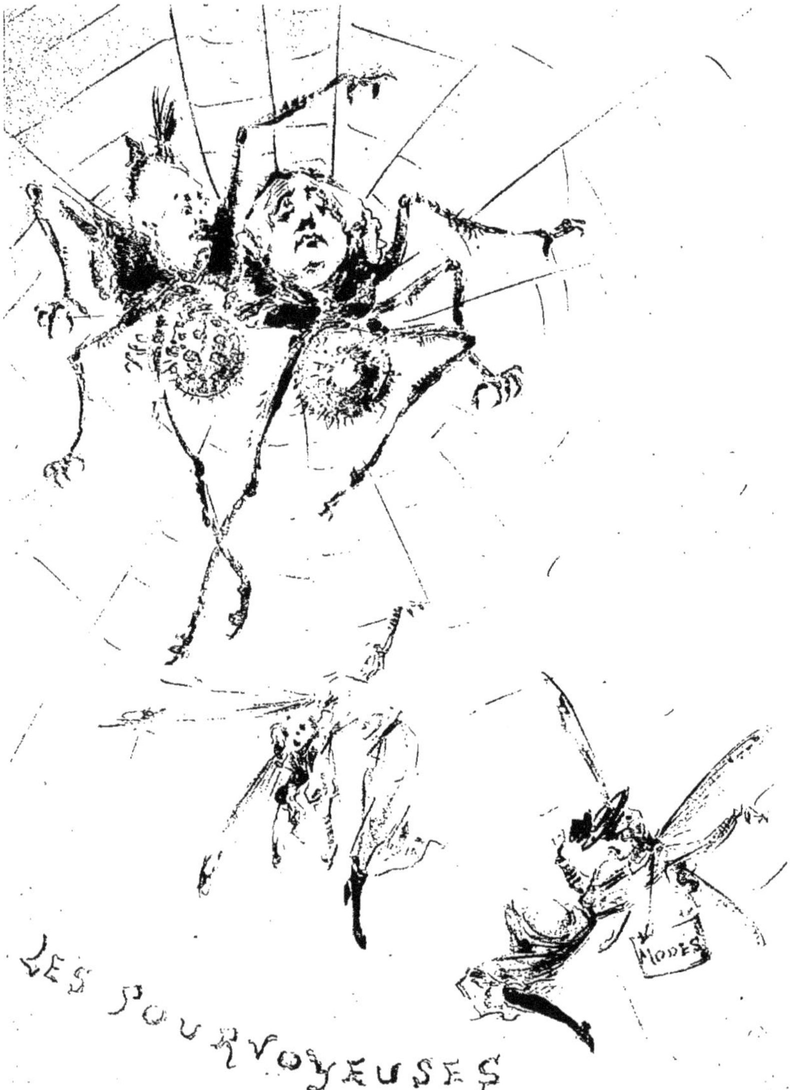

BIBLIOTHÈQUE NATIONALE RF

et meublé seulement d'une table ronde où, dans un vase de grès flammé du style le plus moderne, finissaient de mourir des fleurs en gerbe.

Assises l'une auprès de l'autre, les deux vieilles femmes, sûres de n'être entendues de personne, commencèrent à parler de leurs petites affaires.

— Eh ben, ça va-t-il comme vous voulez ? demanda Mame Adolphe.

— Couci-couça... Je n'aurais pas trop à me plaindre, si ce n'était pas que je suis toujours à craindre que la police ne vienne me causer des embêtements...

— Puisqu'y vous est encore rien arrivé, voyons, Madame Fumot !

— Je sais bien... Mais, vous savez ; il suffit d'une fois !

— A propos, annonça la concierge, vous savez bien, la petite Laure, que je vous ai présentée dans le temps...

— Oui... Elle était jolie... Eh bien ?...

— Eh bien, elle est en carte maintenant... Elle s'est mise avec un homme qui a préféré ça pour elle...

— Elle est contente ?... Ses affaires marchent ?...

— Y paraît qu'oui !... Elle n'a été « emballée » que deux fois, depuis près d'un an qu'elle *fait* la place de la République...

— Le « panier à salade », conclut philosophiquement Mme Fumot, c'est là le petit inconvénient du métier... Sans ça, ce serait trop simple !

— Pour sûr !... Mais que devient donc la grande

Louise, vous savez bien, cette belle brune que j'avais rencontrée à moitié morte de faim sur un banc du boulevard de Charonne, et que je vous avais amenée... C'est une ingrate! Elle n'est jamais revenue me voir!

— Ah! Louise, l'ancienne femme de chambre que le fils de son patron avait mise à mal... Eh bien, je lui ai trouvé une situation sérieuse... Un de mes correspondants de Londres avait justement besoin d'une femme dans son genre...

— Elle est à Londres?

— Oui.

— Y paraît que les Françaises ont beaucoup de succès là-bas, et que les Anglais sont des types *rupins!*...

— Ah! ma pauvre madame Adolphe, gémit Mme Fumot: si vous saviez comme tout a changé!... Ce n'est plus le bon temps, allez!... Autrefois, c'est vrai, les Françaises et surtout les Parisiennes n'avaient qu'à aller dans une ville d'Angleterre pour s'y faire une jolie petite situation... Mais maintenant, ça n'est plus ça... Ils sont à Londres comme à Paris, allez: tous des mufles et tous des *purées*...

— Vous n'avez pas besoin de mes services pour le moment? demanda Mame Adolphe...

— Je ne dis pas ça... J'ai au contraire de nouveaux clients très généreux... Seulement, ils ont des goûts bizarres...

Elle se rapprocha de Mme Adolphe, et confidentiellement elle continua:

— Figurez-vous qu'ils sont comme ça deux messieurs âgés qui veulent des jeunes filles... Mais, il les leur faudrait dans les douze à quatorze ans ; pas plus âgées...

— Ça peut s'trouver assez facilement, répondit Mame Adolphe, sans paraître scandalisée le moins du monde.

— Vous pensez trouver ça dans votre quartier ?

— Dans mon quartier ou ailleurs, peu importe... Quand Mame Adolphe se mêle de quelque chose, elle réussit toujours.

— Je le sais, répondit Mme Fumot qui, dans un élan de gratitude serra avec frénésie les mains de la concierge... Il y aura du risque, continua-t-elle... Seulement, mes clients paieront en conséquence.

— C'est-y pour tout de suite que vous avez besoin ?

— Non... Je vous préviendrai en temps et lieu.

Il y avait près d'une heure que les deux entremetteuses étaient dans le petit salon quand un discret coup de timbre sonna.

— « Monsieur le docteur » va partir, annonça Mme Fumot... Je vais lui demander s'il est satisfait...

Dix minutes après, Mame Adolphe retrouvait Léontine en train de se recoiffer dans le cabinet de toilette voisin :

— Eh bien ?

— Eh bien, voilà, je suis très contente... J'ai des louis d'or ! répondit fièrement la nièce des Vachain.

Mame Adolphe regarda dans la main de Léontine : il s'y trouvait deux pièces de vingt francs.

— Vous voyez, mon enfant, dit Mme Fumot, qu'avec de l'intelligence, il n'est pas si difficile de se tirer d'affaire dans la vie... « Monsieur le docteur » trouve que vous avez été gentille, ajouta l'immonde vieille... Vous pourrez revenir me voir... Je vous aiderai sans doute à vous trouver une belle petite situation...

Au retour, Léontine se montra très expansive.

Elle offrit une tournée à Mame Adolphe, qui en paya une autre avec un beau billet de cent francs tout neuf.

Mais, il était prudent de ne pas rentrer tard, et surtout de ne pas montrer qu'on avait de l'argent..

— Compris, fit Léontine.

Pourtant, elle ne put s'empêcher de faire emplette d'une broche en fausses perles, que Mame Adolphe se chargea de lui garder pour les jours où elle voudrait sortir.

L'épreuve, pour la jeune fille, avait été décisive.

— Vraiment, se disait-elle, si ce n'est pas plus difficile que ça de gagner de l'argent, je comprends que ma cousine Georgette ait de si belles robes et de si beaux bijoux !... Moi aussi, j'en aurai, ajouta-t-elle... Je serais trop bête si je n'en avais pas !... Et puis, zut pour tonton Vachain et pour ma tante !...

La semaine d'après, Léontine disparaissait...

Mme Fumot lui avait en effet procuré, grâce à ses relations très étendues, une « belle place » dans une maison close de province..

VI

LA PIÈCE D'OR

Lorsque les Vachain s'aperçurent que Léontine les avait quittés, sans même leur dire adieu, et en ne leur laissant qu'une courte lettre, tout entière dictée par Mme Fumot, Vachain se mit d'abord très en colère.

Il levait les bras, faisait de grands gestes, maudissait le ciel et parlait de tout casser.

Une longue discussion s'engagea sur ce sujet.

— Certes, disait Mme Vachain, Léontine est une petite « rien du tout » qui était indigne des bontés qu'on a eues pour elle... Mais, qu'est-ce que tu veux, quand elle est venue nous trouver, de Sablon-les-Charmes, elle s'imaginait peut-être tomber dans un palais et être plus heureuse qu'avec son pauvre père.

— Oui, s'écria Vachain qui se calmait de sa première fureur ; dire qu'il y a peut-être des imbéciles, là-bas, à Sablon, qui s'imaginent — ce que nous croyions, nous aussi — qu'il n'y avait qu'à venir à Paris pour ramasser de l'or à la pelle, ou tout au moins pour vivre en travaillant !

— Alors, cette petite, continua Mme Vachain, quand elle a vu ce qu'il en était, quand elle s'est aperçue que nous avions été obligés de vendre jusqu'à nos derniers meubles pour ne pas crever de faim ; quand elle a vu qu'on mangeait mal, beaucoup plus mal que là-bas... Qu'est-ce que tu veux, mon pauvre homme, le dégoût l'a prise, cette pauvre petite !...

Vachain s'attendrissait, lui aussi.

— En tout cas, dit-il, nous n'aurons rien à nous reprocher... On a fait ce qu'on a pu...

— Et puis, qu'est-ce que tu veux, elle fait mieux sans doute de faire ce qu'elle fait... Elle n'aura pas de peine à vivre plus heureuse qu'avec nous...

Vachain réfléchissait. Il dit enfin :

— Elle n'est point laide ; elle n'a ni père ni mère ; elle ne sait pas de métier... Advienne que pourra... Au fond, tiens, ma pauv'femme, je sens que je ne lui en veux pas... Elle ne pouvait pas faire autrement... Elle a bien fait de quitter notre fond de cour... Elle ne peut pas tomber plus bas qu'au point où on en est !...

Mme Vachain constata avec émotion que deux grosses larmes coulaient sur les joues de son mari.

— Mon pauv'vieux ! s'écria-t-elle en pleurant elle-même.

Quoiqu'il en soit, les Vachain furent moins affectés par ce brusque départ, qu'ils ne l'avaient été naguère par la fuite de Georgette.

Et puis, de ce moment, les réunions publiques et les ménages allaient bien.

On pouvait vivoter.

En outre, ils eurent, un matin, l'agréable surprise de trouver, dans une lettre de Georgette, un billet de cinquante francs.

Cette fois, Vachain n'eut pas d'indignation.

Il descendit tout de suite au bar, pour y faire de la monnaie.

C'est vers cette époque qu'ils se lièrent plus intimement avec Mame Adolphe qui, pour des raisons connues d'elle seule, recherchait visiblement leur compagnie.

Elle s'ingéniait à procurer des ménages à Mme Vachain et des courses à son mari.

D'ailleurs, Mame Adolphe n'y réussissait que peu, à cause de la mauvaise réputation du couple dans ce coin de Belleville.

Georgette envoyait régulièrement, tous les quinze jours, une cinquantaine de francs à sa mère.

Mais elle ne mettait jamais son adresse dans ses lettres.

Aussi les Vachain ignoraient-ils totalement où leur fille habitait, et ce qu'elle faisait exactement pour avoir les billets de cinquante francs si faciles.

Ils ne faisaient que s'en douter.

Avait-elle un amant seulement, ou recevait-elle de l'argent de plusieurs? Ils ne le savaient pas.

Mame Adolphe aurait pu leur apprendre que Georgette était venue à plusieurs reprises dans sa loge, pour lui demander des nouvelles de son père et de sa mère.

Mais, elle préféra sur ce point, garder le silence.

D'ailleurs, Georgette la payait pour se taire.

Elle se contenta de s'intéresser aux Vachain beaucoup plus que par le passé.

Depuis les subsides de sa fille, Vachain ne quittait plus le bar.

Il avait les mains tremblantes et le regard fixe des alcooliques.

Un matin, il ne put plus se lever.

Il suffoquait ; et une douleur lancinante l'empêchait de remuer tout le côté droit.

Il n'y avait plus le moindre argent à la maison, car les envois réguliers de Georgette avaient cessé complètement ; et depuis cinq semaines on n'avait pas reçu d'elle la moindre lettre.

La journée et la nuit se passèrent.

Vachain souffrait toujours horriblement.

Enfin, le médecin de l'état-civil fut appelé.

C'était un jeune homme savant et ambitieux, aux allures hâlées et méprisantes, au sourire amer, car il était très pauvre et se rangeait lui-même, non sans orgueil, dans la catégorie des prolétaires intellectuels.

Il entra chez les Vachain, sans même se donner la peine d'enlever son haut-de-forme rougi.

Rapidement il diagnostiqua une cirrhose du foie, causée par l'abus de l'alcool.

— Une *cire rose?* disait Mame Adolphe en essayant de comprendre, et croyant que le médecin se moquait.

Mais le docteur était déjà parti, laissant une laconique ordonnance.

D'ailleurs, il avait conseillé l'hôpital... Le mal pouvait fort bien être sans remède s'il n'était pas soigné de suite... Or, les conditions où se trouvait le malade dans son intérieur, étaient tout à fait désavantageuses.

Devant Mme Vachain qui se taisait, sans une révolte, comme une chienne trop battue et devenue insensible aux coups, Mame Adolphe eut une crise d'indignation contre le médecin des pauvres :

— Un crève-la-faim !... Un âne !... Un poseur qui vole les huit cents francs du Conseil municipal !... Si j'étais vous, Madame Vachain, j'irais me plaindre à un journal, et tout de suite... Et ça traînerait pas !

Mme Vachain, toujours très abattue, continuait à garder le silence.

— Mais, j'y songe, continua Mame Adolphe ; mais j'en connais un *de* médecin !... Et riche, et savant, et comme il faut !...

— Ah ! s'il pouvait guérir mon pauvre homme ! soupira Mme Vachain.

— Le temps d'enfiler mon bonnet et ma pèlerine, reprenait la concierge, et je vous le ramène.

Le médecin dont parlait Mame Adolphe, s'appelait le docteur Belèze.

C'était celui-là même qu'on appelait « Monsieur le docteur » chez Mme Fumot, celui-là même qui avait défloré la petite Léontine.

Grand propriétaire foncier dans les Ardennes, le docteur Belèze ne dépensait que la moitié de ses revenus ; et trouvait encore moyen, dans ce quartier misérable, dans ce coin de Belleville où il habitait depuis longtemps, de passer pour un philanthrope.

Peu soigneux de sa personne, soit par avarice, soit par négligence, il vivait depuis des années en véritable bohème, dans les quatre grandes pièces d'un appartement encombré de vilains meubles et de livres.

Trait particulier, le docteur avait toujours chez lui une ou deux pensionnaires, filles d'usine ou petites pierreuses, dont il soignait paternellement et gratuitement les maladies spéciales.

Après la guérison, il avait pour habitude de prélever en nature ses honoraires.

Nul n'y trouvait à redire. Au contraire, il s'était fait ainsi beaucoup d'amis dévoués dans le monde des escarpes et des rôdeurs. Et beaucoup de souteneurs le saluaient avec reconnaissance.

Conséquent d'ailleurs avec lui-même, le docteur exhibait volontiers ses théories sur l'amour.

D'après lui, rien n'était changé sur la terre depuis le temps où, dans les forêts géantes de l'époque quaternaire, le mâle velu et griffu abattait la femelle de son poing sur le sol des cavernes, après l'avoir suivie, sur la trace de son odeur, des jours entiers à travers les fourrés.

Partant de ce principe, et invoquant l'influence de l'hérédité, il expliquait plausiblement les mobiles de ceux qui tuent les femmes après les avoir violées.

Avec une douceur hypocrite et féline, il expliquait aussi que le progrès n'avait pas encore sa raison d'être à notre époque, étant donné le volume trop étroit du cerveau des hommes de notre génération.

Selon lui, ceux qui croyaient à la fraternité humaine, d'après leur journal ou des idées inculquées dès l'enfance, avançaient de plusieurs milliers d'années, comme des horloges mal réglées.

Avec un peu de contradiction, on l'eut fait convenir de la légitimité du cannibalisme.

A part ces étranges opinions — qu'il réservait pour les intimes ; — à part ses mœurs éhontées, le docteur Belèze pouvait passer pour le plus scrupuleux médecin et pour le plus honnête homme du monde.

Chez les Vachain, sa physionomie plut tout de suite.

Il se fit raconter en détail l'histoire du ménage, et laissa, au moment de partir, une longue ordonnance, ainsi que l'adresse d'un pharmacien qui l'exécuterait à moitié prix.

Avec sa robuste constitution, mis au régime lacté et totalement privé d'apéritifs, Vachain se rétablit vite.

Ce brave M. Belèze, ce bon, ce savant, cet excellent docteur, s'était fait deux amis de plus.

M. et Mme Vachain ne parlaient de lui qu'avec le plus profond respect...

Mais l'hiver revint, et la misère s'abattit encore plus lourdement chez les Vachain.

Pour comble de malheur, les ménages n'allaient plus du tout; et l'on était toujours sans nouvelles de Georgette.

Ah! si on avait su où elle habitait!... Elle était bonne fille, Georgette; et elle serait bien venue en aide à ses parents...

— Si elle n'écrit pas, soupirait Vachain qui regrettait amèrement d'avoir eu un mouvement de colère le jour où sa fille était venue les voir, c'est peut-être qu'elle est elle-même dans une vilaine passe... Tout n'est pas toujours rose dans ce métier-là...

— Elle est peut-être malade...

— Elle est peut-être morte...

Les Vachain étaient complètement désemparés.

Ils se laissèrent aller à leur misère comme des noyés sur le flot noir qui les emporte.

Mme Vachain — elle si fière autrefois — en arriva à tendre la main, le soir, dans les coins sombres des rues.

Vachain, lui, connut des souteneurs qui essayèrent, sans succès, de l'entraîner au cambriolage.

Mais, il eut pour eux des complaisances.

Grâce à sa physionomie honnête, il se présenta dans les appartements, sous prétexte de placer des becs incandescents ou des photographies.

Il inspecta soigneusement les lieux et les aîtres.

Quelquefois même, d'un morceau de cire amolli dans un coin de la gencive, il leva l'empreinte des serrures.

Il s'arrêta d'ailleurs vite dans cette voie.

Sa crainte du Dépôt, de la Nouvelle, et ses idées conservatrices d'ancien ouvrier honnête, lui attirèrent le mépris de la pègre.

On disait :

— Le père Vachain est un « traqueur ! » Il a les *foies blancs* !

Vachain évita les souteneurs.

Il « pilonna », réclamant d'un air lamentable le pain dur de certains restaurants. Il allait ensuite revendre tous ces morceaux de pain à des commerçants spéciaux, qui savaient les utiliser.

D'autres fois, avec sa barbe longue et blanche et ses mains tremblotantes d'alcool, il était « le pauvre vieux qui tombe d'inanition » dans un quartier riche. Un attroupement se formait. On le portait boire un bol de bouillon ; et il faisait toujours ses cent sous avant l'arrivée des agents.

Quant à Mme Vachain, depuis que les ménages n'allaient plus, elle s'occupait dans une fabrique de boas artificiels.

Tout au long du jour, elle collait, sur des formes de toile remplies d'étoupe et enduites de gomme-laque, de petits bouquets de plumes.

Mais, ses vieilles mains n'étaient plus agiles ; et des enfants de douze ou treize ans se faisaient des vingt sous par jour, alors qu'elle parvenait péniblement à gagner quatre francs par semaine.

Les Vachain étaient toujours sans nouvelles de leur fille.

Sur les conseils de Mame Adolphe, ils recherchèrent Georgette.

Soit qu'elle eut changé de nom, soit qu'elle eut passé à l'étranger, toutes les démarches furent vaines.

A la longue, Vachain s'écœura d'une telle existence.

Il était si usé maintenant que, chaque fois qu'il buvait un peu plus que d'habitude, il restait deux ou trois jours sur le flanc.

Un dimanche matin, Vachain se leva avec la ferme résolution d'en finir avec la vie...

Avec les quelques sous qui restaient de la paie de la veille, on achèterait du charbon et une chopine d'absinthe... Et, ma foi, tant pis !

Il fit cette proposition à sa femme qui n'eut pas une objection.

Elle ne dit ni oui, ni non, et sortit avec son filet et un litre vide.

Vachain qui savait, par les faits-divers, comment se pratique l'asphyxie, commença de boucher, avec de vieux journaux, les joints des fenêtres.

Comme sa femme tardait à rentrer, il se bourra une pipe en vidant des fonds de poche, et en glanant des mégots refumés dans la cendre du poële.

Il lut — par manière de distraction — un fragment de journal encore graisseux de charcuterie.

Une heure se passa.

Sa femme ne rentrait toujours pas.

Au bout de deux heures, Vachain se sentit à la fois inquiet et furieux.

— V'la qu'elle m'a plaqué aussi ! s'écriait-il... Elle a eu le trac !... Les femmes, c'est toutes les mêmes ! c'est gentil quand y a du pognon ; quand y en a plus, elles se barrent... Oh ! mais, c'que j'vas la r'pincer !... C'que j'vas y flanquer une volée !

Et Vachain, étendu sur le lit suçait sa pipe éteinte, avec des jurons.

Midi sonnait quand la clef tourna dans la serrure.

La Vachain entra...

Elle semblait ivre...

Elle jeta dans un coin son filet gonflé de provisions; et se campant au milieu de la pièce, un poing sur la hanche :

— Ah! là, là! s'exclamait-elle. Vrai! c'que t'es poire avec ton charbon, ton papier aux fenêtres, et ton fourneau qu'tu as traîné au milieu de la chambre!... C'est toi qu'en es un de fourneau!... Ah! là, là!...

Et comme l'homme demeurait stupide devant ce débordement d'ironies, la Vachain reprit avec attendrissement.

— Mais, mon vieux, c'est fini maintenant, la purée... J'en ai de la galette... Et puis j'en aurai encore!... Y a pus besoin de s'suicider, va!...

— Quoi! T'as une place? demanda Vachain, puérilement vexé, au fond, de ses préparatifs inutiles.

— Pour sûr que j'ai une place! Et une épatante!... Maintenant j'fais dans la viande! ricana-t-elle en s'asseyant, abattue par l'ivresse.

Et comme Vachain réclamait des explications, au milieu de ses hoquets, elle lui en fournit verbeusement.

Voila de quoi il s'agissait :

En sortant, Mâme Adolphe l'avait arrêtée... Elle venait de chez le docteur Belèze... Il avait besoin d'une jeune fille, dans les quatorze ans, pour son intérieur... Il aimait les jeunesses, quoi, cet homme!... Ça l'empêchait pas d'être le meilleur médecin de

Belleville... Et puis, il devait y avoir de la galette à la clef...

— Alors, tu comprends, moi j'ai répondu à Mame Adolphe que j'avais son affaire... Et, tout de suite, j'ai filé chez la petite Marcelle, une morveuse qui travaille les jours de presse à l'atelier des boas, une bonne fille d'ailleurs, mais une petite traînée... Ça a déjà un amant de son âge, avec lequel elle vit en garni...

— Et puis? demanda Vachain.

— Marcelle et son petit homme ont accepté tout de suite... A l'heure qu'il est, le docteur a la petite Marcelle comme bonne... Et puis, tiens...

Et la Vachain entr'ouvrit un vieux porte-monnaie, où brilla une pièce d'or au milieu de pièces d'argent.

Vachain regarda, sourit béatement, sans une révolte.

Son honnêteté native était décidément vaincue par la misère atroce et persistante qui, depuis son arrivée à Paris, l'avait accablé de ses coups cruels.

Les Vachain, respectables autrefois, étaient à tout jamais sombrés dans un abîme de honte.

VII

LES HAUTS ET LES BAS

Georgette Vachain, la belle blonde du « Camélia » s'était vite fait une clientèle nombreuse et bien

CHEZ LA FUMOT..

BIBLIOTHÈQUE NATIONALE R.F.

payante parmi les habitués de ce music-hall à la *mode, où fréquentaient* tous les noceurs fortunés de la capitale, tous les riches provinciaux et étrangers venus à Paris pour faire la fête.

Tous se la disputaient ; et chaque soir elle était emmenée à souper dans quelque restaurant chic.

Elle rentrait chez elle régulièrement entre trois heures et six heures du matin, quelquefois seule, quelquefois accompagnée, mais toujours payée généreusement.

C'était à l'époque où elle envoyait de l'argent boulevard de Belleville.

Seulement, bien qu'elle se levât très tard dans l'après-midi, une pareille vie de noctambulisme, de débauches sexuelles et d'absorption à dose forcée de liqueurs à base d'alcool, devait fatalement lui causer quelque grave maladie.

Ce fut ce qui arriva:

Sa robuste santé déclina peu à peu ; et comme elle s'anémiait de jour en jour, il advint qu'après un souper, où elle avait bu un peu plus que de raison, elle fut en proie à une attaque de nerfs assez violente pour occasionner un évanouissement.

Les garçons du bar de nuit la connaissaient pour une assidue cliente.

Et l'un d'eux la ramena chez elle en fiacre.

Durant trois jours, Georgette Vachain fut trop faible pour se lever.

Elle entreprit de se faire soigner chez elle.

Mais, au bout de quinze jours — comme elle se

sentait toujours d'une extrême faiblesse, que ses reins lui faisaient mal, que des points noirs continuaient à voltiger devant ses yeux, et comme elle n'avait plus le moindre appétit — son médecin lui conseilla d'entrer, sinon à l'hôpital, du moins dans une maison de santé.

Le médecin l'adressa à un de ses amis, le docteur Blandin, qui prenait des pensionnaires.

— Elle est très fatiguée, lui écrivait-il... J'ai diagnostiqué une assez grave maladie de ventre. Mais je ne crois pas qu'une opération soit indispensable.

Le docteur Blandin garda un mois Georgette Vachain.

Il la soumit à un régime spécial ; et comme son confrère, il ne crut pas nécessaire de faire une opération.

Il se contenta, le jour où elle s'en alla, de recommander à sa malade de se ménager beaucoup « de ce côté-là ».

— Autant menacer une ouvrière de lui enlever son dé et ses aiguilles, dit tristement Georgette.

Le docteur Blandin sourit à cette boutade.

— Vous êtes guérie à présent, répéta-t-il... Mais le moindre excès peut ramener un mal beaucoup plus considérable... Méfiez-vous... Vous n'éviteriez peut-être pas l'opération si une rechute se produisait...

Quand Georgette eut réglé sa note au docteur Blandin, il ne lui restait presque plus d'argent.

Elle engagea au Mont-de-Piété son beau bracelet d'or orné de trois grosses perles fines et de brillants, cadeau d'un riche Brésilien avec qui elle était restée deux jours.

La première fois qu'elle retourna au « Camélia », Georgette fut toute étonnée de voir que ses clients habituels — que selon l'usage elle appelait ses amis — lui battaient froid.

Beaucoup même lui tournaient le dos ostensiblement, et semblaient ne pas l'avoir vue.

Elle eut vite le mot de l'enigme.

C'était une ou deux femmes du « Camélia » qui — plus anciennes que Georgette et jalouses de ses succès — avaient perfidement répandu le bruit que la belle blonde n'était absente que parce qu'elle se faisait soigner, dans un hôpital, une très sale maladie contagieuse.

La rumeur avait pris de la consistance ; et ce qui n'était qu'une médisance devint un article de foi.

— Vous êtes guérie complètement, Georgette? demanda avec intérêt et sans la moindre méchanceté la petite Suzy, une blonde enfant qui posait à l'Anglaise bien qu'elle fut née à Chartres, en Beauce.

Elle était naturellement brune mais se faisait oxygéner les cheveux.

— Oui, Suzy, je vous remercie... Je suis guérie complètement.

Suzy prit un air apitoyé :

— On croit toujours être guérie complètement... Mais, quand on n'a pas été très bien soignée, ça peut revenir au moment où on s'y attend le moins... Je le sais bien moi, puisque j'ai passé par là... D'ailleurs ce n'est contagieux que dans les premiers mois, et ce n'est, au fond, guère dangereux...

— Mais je n'ai pas ce que vous croyez ! protesta Georgette... Oh ! mais pas du tout... J'ai simplement eu des troubles nerveux et mal au ventre.... Il n'y a même pas eu besoin d'opération...

— Ce n'est pas ce qui s'est dit ici !

— Alors !... Alors, s'exclama Georgette à la fois stupéfaite et furieuse, c'est parce qu'on a cru que j'étais avariée qu'ils me lâchent tous, ce soir, mes fidèles clients, mes bons amis !... Mais qui a répandu ce bruit ?... Qui a dit ça ?... C'est une femme, sûrement !... Ah ! je voudrais bien la connaître ! .. Mais ce n'est pas vrai, Suzy !... Je vous jure sur ce que j'ai de plus sacré, sur la tête de mon père et de ma mère, que ce n'est pas vrai !...

Georgette s'animait.

Elle était tellement vexée et en colère que des larmes lui venaient aux yeux...

— Ah ! ça, c'est trop fort gémissait-elle... On peut voir... On peut m'examiner... Bien sûr, ce doit être quelque vieille garde du « Camélia » qui aura été jalouse que je lui prenne quelques-uns de ses amants et qui se sera vengée ainsi... C'est lâche !... C'est lâche ! répétait-elle... C'est lâche, n'est-ce pas Suzy ?

— Ecoutez, Georgette, reprit Suzy, si j'avais su vous causer tout ce chagrin, je ne vous aurais rien dit !...

— Ce n'est pas à vous que j'en veux, se lamentait Georgette à travers ses larmes... Au contraire, je vous remercie... Vous avez bien fait de m'avertir.

— Si je vous ai dit cela, c'est que je croyais ce qu'on m'avait dit... Après tout, ce n'aurait pas été si grave !... En voilà des histoires !

Puis confidentielle :

— Mais, ma pauvre Georgette, sur les deux cents femmes, que vous voyez ici, il y en a certainement plus de cent cinquante qui savent que le mercure ne sert pas qu'à faire des baromètres... Et vous voyez qu'elles ne s'en portent pas plus mal !... Seulement, sur ces cent cinquante — et, croyez-moi, la proportion est exacte — combien y en a-t-il qui avoueront leur avarie ?... Il y a moi, parce qu'il y a longtemps... et que je suis bonne fille... Cherchez les autres...

Georgette ne pleurait plus, mais elle était très abattue.

— Je vous jure Suzy, que ce sont là des mensonges, de pures calomnies... Et je suis prête à vous le jurer sur ma tête... sur la tête de mon enfant si j'en avais un !

— Mais, je vous crois, ma pauvre Georgette, répondit Suzy... Moi, je vous crois, parce que je sens bien que vous dites la vérité... Seulement, ajouta-t-elle, c'est vraiment malheureux pour vous, ces histoires, à cause des michets...

Ce soir-là, Georgette rentra chez elle de bonne heure.

Elle ne se sentait pas la force de continuer ses sourires professionnels ; car elle avait de la détresse plein le cœur.

Comme beaucoup de ses camarades, Georgette

n'avait pas l'ami complaisant et renté qui aide considérablement à payer les frais de maison et quelques toilettes par des appointements fixes, et qui ne demande qu'une ou deux nuits par semaine.

L'avoué de province était toujours député ; mais cet homme avait le cœur volage, et il avait porté vers un autre nid d'amour ses trois cents francs mensuels.

D'ailleurs, au moment de la rupture, Georgette s'était dit qu'il était plus avantageux pour elle d'avoir toutes ses journées libres.

Après avoir eu la veine, Georgette sut ce que c'était que la guigne.

Certes, elle était toujours aussi jolie ; mais ses multiples préoccupations lui donnaient un air sévère qui éloignait d'elle toutes les propositions galantes.

Georgette Vachain ne faisait plus ses frais. Elle arrivait à grand'peine à équilibrer son budget.

Ce n'était certes pas le moment de songer à envoyer de l'argent à ses parents ; elle n'en avait plus assez pour elle-même.

Elle retournait régulièrement au « Camélia », mais elle n'y pouvait montrer que des robes de l'autre saison ; et ses toilettes qui, autrefois, attiraient les snobs, eussent plutôt réussi maintenant à les éloigner.

En effet, la clientèle du « Camélia » était faite surtout de gens qui, esclaves de la mode, n'estimaient une femme que d'après le nombre et l'éclat de ses bijoux, que d'après le plus ou moins de somptuosité de ses toilettes.

Sachant qu'elle ne pouvait plus réussir au « Camélia », Georgette résolut d'aller chaque soir soit aux Folies-Bleues, soit au Moulin-Vert.

Mais, dans ces deux établissements, la clientèle était beaucoup trop mêlée.

Il s'y rendait une moyenne de cinq femmes pour un client sérieux.

Malgré son incontestable beauté, Georgette Vachain arrivait tout juste à gagner l'argent qu'il fallait pour son terme, sa nourriture et ses toilettes.

Quand elle se trouvait par trop embarrassée, elle se dirigeait, l'après-midi, vers une discrète maison de rendez-vous.

Quoi qu'il en soit, Georgette dépensait à présent tout ce qu'elle gagnait.

Elle regrettait fort de ne plus avoir son avoué-député dont les dix francs quotidiens eussent suffi à équilibrer son budget.

Ce qui l'ennuyait surtout, c'est qu'elle allait sans doute être obligée de donner congé de son appartement de la rue Sadowa.

Un grand dégoût la prit de l'existence qu'elle menait. Mais elle se laissait vivre, espérant de meilleurs jours dans un avenir proche.

C'est vers ce moment qu'elle eut une visite à laquelle elle était loin de s'attendre.

Un matin, vers onze heures, comme elle était encore couchée, un discret coup de sonnette retentit.

Georgette se vêtit de son peignoir et alla ouvrir.

Quelle ne fut pas sa stupéfaction de se trouver en

face de Désiré Truchet. Elle voulut refermer la porte; mais d'un brusque coup d'épaule, le visiteur renvoya la porte contre le mur...

Et il entra...

— J'ai à te parler, dit-il d'une voix brève et autoritaire...

— Qu'est-ce que tu me veux?...

Désiré Truchet, depuis quelque temps déjà, n'était plus à son Ministère. Il avait été révoqué.

Depuis lors, il battait le pavé de Paris, maudissant son sort, grincheux contre tous, haîneux contre la société entière, et vivant comme il le pouvait, mais surtout d'adroites rapines.

Il était vêtu sans élégance, et son veston luisait aux coudes. Son pantalon s'effilochait, et ses souliers étaient dénués de talon.

— Ce que je veux ? fit-il en regardant Georgette sournoisement... Je veux te parler.

— Entre ! dit Georgette tremblante d'effroi.

Elle l'introduisit dans la première pièce.

— Qu'est-ce que tu veux ?

Au lieu de répondre, le Truchet inspectait les meubles et les bibelots. Il en faisait la rapide estimation approximative :

— Mince ! fit-il enfin... Tu es rien chouette... On m'avait bien dit que tu étais devenue *calée*... Je vois avec plaisir que c'est vrai !... Ça m'arrange...

— Où veux-tu en venir ?

— Eh bien, voilà, je n'ai plus le sou ; et j'ai besoin d'argent... J'ai pensé que tu m'en donnerais...

Georgette prit peur, car cette demande était faite sur le ton autoritaire d'un ordre que l'on prescrit.

— Je n'ai pas d'argent... pas le moindre argent, répondit-elle.

— Quelle blague! Tu vas me faire croire que tu n'as pas d'argent avec tous ces beaux meubles-là...

— Les meubles ne sont pas à moi, répondit Georgette... Je n'ai pas fini de les payer tout à fait...

— Donne-moi de l'argent...

— *Je n'en ai pas...*

— Ah! c'est comme ça, rugit Truchet... Tu vois que je suis dans la débine et tu ne veux pas m'obliger...

— Je ne peux pas... Je n'ai pas le sou...

— Mais, si je suis dans la débine, continua-t-il, est-ce que ce n'est pas à cause de toi?... Et puis est-ce que je ne suis pas ton amant, ton premier amant?... Alors, vrai, tu ne veux rien faire pour moi?... Tu ne veux même pas me donner vingt francs!... pas même dix francs?...

Devant la mine implorante et piteuse de Désiré, Georgette Vachain s'était ressaisie...

— Rien!... Rien!... s'écria-t-elle... Même si j'avais de l'argent tu n'en aurais pas... Et puis, veux-tu mon avis sur toi, tu n'es qu'un sale type, tu n'es qu'un exploiteur de femmes!

Le Truchet s'était senti gravement offensé par cette vérité qu'on lui jetait si crûment à la face.

— Ah! c'est comme ça, s'écria-t-il en pâlissant de colère... Et tu crois que ça se passera ainsi... Non, ma petite, je t'assure que je me vengerai et avant peu.

— Tu me dégoûtes ! s'écria Georgette... Va-t-en, où j'appelle au secours...

— C'est bon, dit le Truchet... Les vingt francs que tu me refuses te coûteront cher...

Il prit la porte et disparut dans l'escalier.

Georgette, dissimulée derrière un rideau, et tout émotionnée de cette scène, vit disparaître Truchet, la tête basse et la mine piteuse, au tournant de la première rue.

Quatre ou cinq jours se passèrent.

Georgette avait oublié cette scène quand, un soir, comme elle sortait du Moulin-Vert et qu'elle regagnait à pied, et seule, son appartement de la rue de Sadowa, elle fut brusquement assaillie par deux individus en chapeau haut de forme, au long pardessus, et somme toute correctement habillés.

Georgette n'eut pas le temps de pousser un cri.

Le premier de ces gentlemen lui entoura la tête d'une serviette qu'il se mit à serrer violemment.

Le nez fut aplati, et la bouche ne pouvait s'ouvrir sous ce baillon.

Aussi l'autre compère put-il opérer en toute sécurité.

Il s'empara de la montre de Georgette et de son sautoir d'or, de son porte-monnaie, et de trois bagues, dont deux très jolies, qu'elle avait aux doigts.

Brusquement la serviette fut enlevée.

Georgette était tombée à terre.

Du sang coulait de son nez, et ses gencives étaient meurtries.

Pourtant, elle ne s'était pas évanouie.

Un des gentlemen braqua sur elle un revolver et lui dit :

— Maintenant, si tu te mets à crier, je te tue... Et si tu portes plainte on te fera ton affaire !...

Georgette épouvantée, se taisait.

Les deux malandrins s'éclipsèrent.

A cette heure de la nuit, la rue était déserte.

Nul passant ne se montra pour porter secours à Georgette.

Enfin, au bout de dix minutes, elle put se lever.

Tremblante et la tête perdue elle regagna sa maison et sonna.

Une fois parvenue à son appartement, elle tomba sur son lit, inanimée et comme morte.

Certes, la perte de sa chaine d'or, et de ses bijoux lui était sensible ; mais ce qui lui causait le plus de peine, c'est qu'elle comprenait que l'attaque nocturne qu'elle venait de subir était l'œuvre indirecte de Désiré Truchet.

De toute la nuit, minée par une sorte de fièvre causée par la peur qu'elle avait ressentie, elle ne put fermer les yeux.

Elle se demandait avec angoisse si elle devait aller porter plainte au commissaire dès le lendemain matin.

Mais l'attaque avait été si soudaine qu'elle n'aurait pas pu fournir aux policiers d'utiles indications.

Et puis, si elle croyait être sûre de la complicité de Truchet, elle ne pouvait en donner la preuve matérielle.

En outre, elle redoutait que les menaces de ses agresseurs ne fussent mises à exécution si elle parlait.

Georgette Vachain se décida donc à ne pas porter plainte.

Seulement, l'esprit hanté par la crainte d'une autre visite de Truchet et par la peur d'une seconde attaque nocturne, Georgette se sentait devenir la proie de pensée mélancoliques et absorbantes.

Comme elle ne tirait pas du Moulin-Vert et des Folies-Bleues toutes les ressources qu'elle en avait espéré, elle se prit à regretter son existence d'autrefois, du temps où elle n'était pas parisienne, du temps où elle était la petite Vachain, tout simplement, dans la lointaine campagne picarde.

Georgette avait d'autant moins osé se présenter chez ses parents qu'elle ne pouvait plus maintenant leur donner d'argent... Elle se laissait donc vivre dégoûtée de tout, et peut-être surtout d'elle-même.

Très seule, sans amant régulier et sans amie intime, elle éprouvait pourtant un certain plaisir à se mêler chaque soir à la foule des « promeneuses » qui fréquentaient les deux établissements du Moulin-Vert et des Folies-Bleues.

Elle était en excellents termes avec Suzy, la petite fausse-brune, plus blonde et plus oxygénée que jamais.

Ce soir-là, les deux amies s'étaient retrouvées aux Folies-Bleues.

Georgette et Suzy étaient maussades, car, dehors il tombait une pluie torrentielle qui les avait contraintes l'une et l'autre à prendre une voiture pour ne salir ni leur robe ni leur chapeau.

Et ce n'était pas le moment vraiment d'augmenter ses dépenses, car le « commerce » allait mal.

Georgette pourtant avait fait la connaissance d'un Anglais, la dernière semaine, qui lui avait payé une robe neuve, de confection, mais bien seyante.

Et ce n'était pas trop tôt qu'elle eût cette aubaine, car sa garde-robe, ces deux dernières saisons, s'était beaucoup dégarnie.

Après avoir fait, bras dessus, bras dessous, trois tours de promenoir, les deux amies, voyant que leurs œillades et leurs sourires ne portaient pas, allèrent s'asseoir dans des rocking-chairs d'osier qui se rangeaient en ligne, non loin de l'estrade où une troupe de tziganes jouaient les meilleurs morceaux de leur répertoire spécial.

Habituées à cette musique ultra-langoureuse, Georgette et Suzy n'y prêtaient plus la moindre attention.

Elles préféraient, quitte à reprendre plus tard leur promenade, se reposer quelques instants, en causant de choses et d'autres, en lorgnant les messieurs qui passaient et les femmes aux grands chapeaux et aux toilettes voyantes.

De l'endroit où les deux jeunes femmes étaient assises, elles n'avaient qu'à ouvrir les yeux pour assister à une véritable séance de cinématographe aux personnages vivants.

Hommes et femmes, seuls, par couples ou par groupes, continuaient à défiler en rond devant elles.

Les hommes dont le teint était blême et les yeux éteints étaient des parisiens habitués des lieux de plaisir.

Les autres, ceux dont l'élégance prétentieuse et anodine était spéciale, ceux dont le teint était rouge et le regard allumé, étaient des provinciaux ou des étrangers, de passage, pour quelques jours, dans la capitale.

C'était surtout vers ceux-là qu'allait le regard convoiteur des filles.

Les filles, elles, portaient des faces de joie feinte, des figures où se décelait, malgré tous leurs efforts, l'entière amertume d'un cœur navré.

Elles allaient, tournant en rond, dans l'allée autour de la vaste salle.

Avec leur maquillage et leurs parfums capiteux, elles semblaient danser quelque ronde folle et macabre, en exécutant des œillades prometteuses et des sourires engageants.

Suzy et Georgette se nommaient quelques-unes de ces passantes.

— Quel sale métier ! dit enfin Suzy... Elles sont trop !... On a vraiment trop de concurrence !...

— C'est vrai, fit Georgette on a beau être belle fille, on ne peut pas arriver à se débrouiller !

— Je t'assure que je regrette le temps où j'étais à Chartres chez mon père... Ce n'était pas luxueux; mais, au moins on était libre... Et puis, n'avoir à s'occuper ni de son terme, ni de ses toilettes !... La voilà, la vraie vie !...

— Il y a des fois, dit Georgette, où je me sens toute dégoûtée de ce que je fais et de la vie que je mène... Ah ! si j'avais pu rester en province !...

— Veux-tu que je te dise ma pensée, ajouta Suzy... Eh bien, toutes les femmes qui sont ici sont dans le même cas... Elles regrettent toutes de n'être pas demeurées dans leur petit *patelin*...

— Sauf les parisiennes, toutefois...

— Des parisiennes ! railla Suzy... Eh ! ma chère, où en vois-tu des parisiennes?... Tiens, ajouta-t-elle, veux-tu que je te dise de quel pays elles sortent, la plupart de nos bonnes amies !... Eh bien, écoute, tu vas voir...

— Tu ne les connais pas toutes, objecta Georgette...

— En effet, et je ne te parlerai que de celles que je connais... Tu comprends, il y a sept ans que je suis à Paris, j'en connais tout de même quelques-unes !

Suzy leva le doigt et prit un air de bonisseur forain.

— Attention, s'écria-t-elle, je commence... Tiens, là...

— Oui, Marie Lampion, celle qui danse le chahut sur les tables quand elle est grise...

— Eh bien, Marie Lampion est d'Amiens... Auprès d'elle il y a Chouchou...

— Chouchou, qui rit toujours, parce qu'elle a de jolies dents...

— Chouchou est d'un village de Provence... Je ne peux pas te le nommer ; mais elle m'a dit elle-même où elle était née.

— Et Médérique? demanda Georgette en désignant une grande femme maigre au nom prétentieux comme son allure et son profil d'oie majestueuse.

— Médérique?. . Elle est de Rouen, je crois... Non, je me souviens... Elle est de Louviers...

— C'est la même chose.

— Quant à Emma, elle est limousine... Et quant à son inséparable amie Rosa — que son étudiant en droit qui l'a débauchée, emmenée à Paris et lâchée six mois après, appelait volontiers Rosa la Rosse, nom qui lui est resté — c'est la propre nièce d'un curé breton !...

— Alors, selon toi, il n'y a pas ici de parisienne authentique ?

Suzy hésita dans sa réponse. Ses yeux cherchaient à deviner une parisienne dans la foule des femmes.

— Si, dit-elle enfin, j'en vois une...

Et elle ajouta en riant :

— Le plus drôle c'est qu'elle s'appelle Annette de Bruges... Annette de Bruges, n'est pas plus belge que moi qui pose à l'Anglaise et qui suis née à Chartres... Seulement elle trouve que c'est un beau nom ; et elle n'a pas tort...

— Ce nom ne lui a pas apporté beaucoup de bonheur ! constata Georgette.

BIBLIOTHÈQUE NATIONALE R.F.

En effet, Annette de Bruges était ce qu'on appelle une vieille garde...

Après des fortunes diverses, elle en était réduite à retourner, chaque soir, tenter la chance de l'amant généreux sur le théâtre même où elle avait fait ses débuts vingt-cinq ans auparavant.

Elle préférait opérer seule, et ne se mêlait que rarement au troupeau bariolé des grosses matrones.

Son principal défaut était de jalouser férocement les petites débutantes, inexpertes selon elle dans l'art d'aimer, et généralement ou timides au point d'en être bêtes, ou voyoutes à profusion.

— En somme, conclut Suzy, en admettant que j'aie exagéré tout à l'heure en disant que nous étions toutes de province... tu vois que je n'exagère plus en disant qu'il y a une parisienne pour dix provinciales qui font la noce à Paris.

Mais Georgette ne l'entendait plus...

Une pâleur soudaine l'avait envahie.

Elle regardait, à dix pas devant elle, comme hypnotisée.

Et déjà un gros monsieur, en chapeau de soie luisant et portant à la boutonnière un large ruban de la Légion d'honneur, s'avançait au-devant d'elle, cauteleux et souriant :

— Mais, je ne me trompe pas ! s'écria-t-il... La bonne surprise... C'est Georgette...

Le gros monsieur tendait la main d'un air affable.

Georgette ne broncha pas.

Elle se contenta de répondre :

BIBLIOTHÈQUE NATIONALE R.F. IMPRIMÉS

— Passez votre chemin, monsieur Bellardin. Je ne vous connais pas.

C'était M. Bellardin en effet, l'industriel de Sablon-les-Charmes, qui était venu pour deux jours à Paris, dans le but avoué d'acheter un nouveau moteur, mais dans le but secret de se payer un peu de bon temps.

Ce bon temps se faisait si rare, maintenant à Sablon !... Il était si surveillé par son épouse !

M. Bellardin ne se désarçonna pas pour une rebuffade d'aussi minime importance.

Il commença à railler Georgette, grossièrement et comme un pataud.

— Allons donc ! s'écria-t-il... C'était bon dans le temps, ça, ma petite... Tu as fait des façons autrefois ; tu as peut-être eu tort... Mais tu n'as plus à en faire... Voyons, c'est dit, hein ! Je t'emmène ?...

— Vous êtes un misérable ! s'exclama Georgette indignée.

— J'ai toujours eu envie de toi, s'écria M. Bellardin ; eh bien, puisque l'occasion s'en présente, viens... J'y mettrai le prix qu'il faudra.

Georgette s'était levée, pâle de fureur.

— Bandit ! Misérable bandit ! s'écria-t-elle... Ah ! c'est vraiment à vous de me traiter en grue !...

Un rassemblement s'était formé.

— Plus bas ! Pas de scandale ! implorait M. Bellardin.

Mais Georgette continuait :

— Si je suis une grue, à qui la faute ?... N'est-ce

pas vous, l'homme honorable, qui êtes cause de tout ?... Si mes parents sont dans la misère et si je suis une catin, n'est-ce pas votre faute ?... Vous êtes un être méprisable, vous êtes un saligaud, monsieur Bellardin ! Malgré votre décoration de la Légion d'honneur, vous n'êtes pas un homme honorable.

Georgette était très belle dans sa colère.

M. Bellardin en entendant son nom hurlé à plusieurs reprises par la jeune femme indignée, perdit complètement la tête.

Il se précipita sur Georgette et la saisit d'une main à l'épaule, tandis que son bras levé la menaçait...

Georgette Vachain, qui s'était brusquement échappée de l'étreinte se retourna, et saisit une carafe qui se trouvait derrière elle, placée sur une petite table de marbre.

Comme une furie, elle se précipita sur M. Bellardin et, de toutes ses forces, lui lança la carafe en plein visage.

M. Bellardin évita le coup en levant le bras.

Mais le choc avait été si brusque qu'il ne put retenir un cri de douleur.

Déjà les agents s'avançaient.

Sans demander plus d'explications, et voyant qu'un « monsieur décoré » avait été frappé par une femme, ils voulurent emmener cette femme au poste.

Georgette Vachain se débattit vigoureusement, tout en continuant à invectiver M. Bellardin.

— Bandit !... Saligaud !... Sale personnage !

M. Bellardin essayait de s'éclipser.

— Emmenez-le avec moi ! s'écria Georgette... Je m'expliquerai devant le commissaire...

Les agents tirèrent sur elle avec brutalité.

— Mais, il n'y a donc pas un homme ici ! s'écria Suzy, que cette scène exaspérait... Personne n'a donc vu que c'est ce monsieur qui a commencé !

— Pardon ! Mademoiselle, répliqua un élégant jeune homme d'une distinction parfaite... Il y a moi... J'ai vu que Monsieur a frappé le premier Madame... Et je me rends au poste pour servir de témoin à votre amie.

Puis, il ajouta en regardant froidement autour de lui.

— Et comme je ne suis pas seul à avoir vu ce que j'ai vu, je pense bien ne pas m'y rendre seul...

Une grande sympathie était montée de la foule vers ce monsieur en habit, si parfait d'allures, si correct de langage, et d'une froideur d'aussi bon ton :

— J'y vais aussi !

— Parfaitement !...

— J'ai vu également !...

— Allons-y !

M. Bellardin, désolé de cette aventure — Georgette Vachain décidément ne lui portait pas chance ! — essaya de se dérober.

Mais il fut conspué par les femmes présentes ; et les hommes serrèrent les coudes devant lui pour lui enlever toute velléité de fuite.

Au poste, plus de cinquante personnes, hommes

et femmes, se trouvèrent réunis, qui avaient vu M. Bellardin brutaliser l'habituée des Folies-Bleues.

Georgette raconta en deux mots l'histoire de la querelle.

Elle fut lyrique en expliquant pourquoi elle haïssait à ce point l'industriel de Sablon-les-Charmes.

Son éloquence sans apprêt était persuasive; et cinq minutes d'explication lui avaient suffi pour raconter toute son histoire.

Elle conclut en disant :

— Je suis une grue, oui !... Mais, si j'en suis tombée là, c'est de la faute à cet homme qui a voulu me violer quand j'étais une honnête fille, presque une enfant ; et c'est lui qui a ruiné mon père et ma mère !... Et voilà pourquoi, lorsque cet homme est venu vers moi, la lèvre souriante, me proposer de l'argent — puisque c'est mon métier d'en gagner ainsi — voilà pourquoi j'ai vu rouge ; voilà pourquoi j'aurais tué cet homme, ce misérable, si je l'avais pu !

M. Bellardin baissait piteusement la tête.

Il ne savait quelles raisons alléguer pour paraître avoir le beau rôle.

— Elle exagère, fit-il... C'est une drôlesse... C'est une femme de mauvaise vie...

Le Monsieur qui, le premier, avait parlé de suivre Georgette au poste, s'avança auprès de M. Bellardin.

— Là, n'est pas la question, dit-il d'une voix ferme... La question qui se pose est celle-ci : Avez-vous, oui ou non, frappé le premier Madame ?... J'affirme, moi, que vous l'avez frappée le premier... Et j'ajoute pour mon propre compte, après avoir entendu les explications de cette dame, qu'il est toujours lâche de frapper une femme, mais que dans cette occasion, cette lâcheté prend le nom d'infamie.

— Parfaitement !...

— Il a frappé le premier !...

— C'est lui !...

— Je l'ai vu !...

— Cas de légitime défense !...

— C'est un lâche !...

— Enlevez-le !...

Toutes ces exclamations n'étaient guère encourageantes pour M. Bellardin.

Un sergent de ville commença à écrire. Il demanda quelques noms.

Devant la crainte d'un procès-verbal qui pourrait lui causer un tort considérable, M. Bellardin se ressaisit :

— J'ai été frappé, c'est vrai, s'écria-t-il... Mais je ne porte pas plainte...

— Eh bien alors, s'écria le sergent de ville agacé, qu'est-ce que vous venez faire ici ?... Fichez-moi le camp tous !... Et plus vite que ça !... Pas de rassemblements !

M. Bellardin partit le premier, poursuivi par les sarcasmes et même les sifflets des témoins.

Il se perdit dans l'ombre de la nuit, qu'éclairaient les becs de gaz de cette rue peu animée.

Au moment où Georgette se séparait de Suzy qui l'avait accompagnée et qui, elle, rentrait aux Folies-Bleues, le Monsieur élégant qui avait pris le premier sa défense, se présenta devant Georgette Vachain, et lui demanda, sur un ton de respectueuse déférence, si elle voulait lui faire le plaisir de passer avec lui le reste de la soirée...

Heureuse et confuse Georgette accepta.

— Oh ! comme je vous remercie, Monsieur, dit-elle...

Et elle prit le bras que lui tendait le comte Jean de Belgis.

VIII

31, RUE DE GLASGOW

Le docteur Belèze eut à subir quelques ennuis avec sa nouvelle bonne à tout faire.

Outre que la petite Marcelle n'essuyait jamais les meubles et faisait une déplorable cuisine — et pourtant le docteur n'était pas gourmand le moins du monde ! — elle était d'un caractère insupportable, et elle se montrait bavarde et bruyante à l'excès.

Malgré le goût réel de M. Belèze pour les expressions argotiques et même ordurières, il jugea que la petite dépassait la mesure.

Et puis, malgré toutes les bontés qu'il avait pour elle, bien qu'il fut très généreux à son égard, Marcelle devenait chaque jour de plus en plus indélicate.

Elle fut surprise plusieurs fois en train d'emporter, dissimulés dans son tablier, lorsqu'elle allait retrouver son « petit homme » comme elle disait, les objets les plus hétéroclites.

Le petit homme, qui s'appelait Lucien, et avait de belles relations dans la basse brocante, se chargeait d'aller revendre ces objets.

Il empochait pour ses menus plaisirs, l'argent qu'il en retirait.

Comme Marcelle lui remettait en outre presque toutes les pièces de cent sous dont la gratifiait M. Belèze en récompense de ses services, le « petit homme » se montrait ravi de la place qu'il occupait dans la société.

Jamais il n'avait été si heureux !

Mais tous les bonheurs de ce monde ont une fin.

Un jour, le docteur Belèze surprit Marcelle qui sortait en emportant trois volumes de sa bibliothèque. Le docteur semonça vertement Marcelle.

— Combien t'aurait-on donné de ces livres? demanda-t-il courroucé... Tu les aurais vendus quarante sous, peut-être... Eh bien, ma fille, pour quarante sous tu viens de perdre ta place !... Je tiens trop à mes livres pour te pardonner... Tu peux déguerpir, et plus vite que ça !... Fais ton paquet et va retrouver ton « petit homme »... Et trouves-en beaucoup de « boîtes » comme la mienne, où tu te faisais deux cents francs par mois, sans compter les petits bénéfices du genre de ceux que tu voulais réaliser avec ces trois volumes...

Marcelle protesta, pleura, menaça...

Rien n'y fit.

Le docteur se montra impitoyable et la renvoya sur le champ.

D'ailleurs, depuis quelque temps, il commençait à se lasser des charmes de la petite faubourienne.

Elle ne lui fouettait plus le sang.

Marcelle s'en alla, gratifiée de quinze francs pour l'aider à se débrouiller.

Lorsque Lucien la vit revenir avec son paquet, il se fit expliquer la raison de son renvoi.

Marcelle reçut une volée de coups de poings pour sa maladresse à s'être laissée prendre.

Mais tout s'arrangea bien vite.

Il fut convenu que Marcelle, un peu mieux nippée qu'autrefois, descendrait tous les jours sur le boulevard, ou dans les rues avoisinantes.

— Tâche de me rapporter au moins dix francs par jour! menaça le jeune souteneur... Ou, sans ça, gare la casse!

Il ajouta :

— Est-ce qu'y aurait pas un chic coup à faire, avec des copains, chez le docteur Belèze?... T'as rien vu?... T'as rien remarqué?...

— J'ai rien vu, répondit Marcelle... Pour moi, tu sais, il n'a pas le sou!... Il me donnait tout l'argent de ses consultations... Et y a ni argent chez lui, ni argenterie... C'est la purée... Y a que des livres!

Le docteur Belèze posait en effet à l'homme sans

fortune, au pauvre médecin de quartier à la clientèle mal payante.

Et ce n'était pas là une inutile précaution étant donné que ses pensionnaires étaient toujours filles ou maîtresses de souteneurs professionnels, qui ne vivaient que de prostitution et de cambriolage.

Lucien et Marcelle oublièrent donc le docteur...

Ils n'y songèrent pas plus que s'il eut jamais existé.

Marcelle désormais, s'aventura vers les boulevards, où elle fit ce qu'il fallait faire pour que son « petit homme » ne manquât de rien...

Quelques jours après le renvoi de Marcelle, comme en passant, le docteur Belèze revint chez les Vachain.

Il s'informa avec une feinte inquiétude de la santé de Vachain.

Il put constater avec plaisir que son malade allait beaucoup mieux, et que sa guérison complète n'était qu'une question de temps.

— Vous verrez, dit-il en s'adressant à Vachain qui se tenait debout devant lui, la casquette à la main et l'air intimidé et respectueux ; vous verrez que dans un mois au plus, vos joues rondes vous seront revenues... Vous n'avez plus qu'à ne pas abuser de boissons alcooliques... C'est l'abus de l'alcool qui vous a perdu !

— Ah ! s'écria la Vachain, comme ce que vous dites est vrai, Monsieur le docteur !... Seulement, qu'est-ce que vous voulez, mon pauvre homme a eu tant d'ennuis depuis que nous sommes à Paris !...

— Justement, approuva Vachain, j'ai bu pour oublier mes peines !...

— Pensez donc, Monsieur le docteur, précisa la Vachain, nous n'avions qu'une fille — une belle fille, on peut le dire ! — Eh bien, elle nous a quittés pour faire la noce !

— Réussit-elle au moins ? demanda le docteur Belèze totalement étranger aux idées de morale qui avaient cours chez l'immense majorité de ses contemporains...

— On n'en sait rien, répondit Vachain... Dans les premiers temps elle nous envoyait de l'argent... Mais depuis longtemps, on ne sait pas ce qu'elle est devenue.

— C'était pas une mauvaise fille au fond, ajouta la Vachain. Et du moment qu'elle nous laisse sans nouvelles, c'est qu'elle n'a pas réussi...

— A propos, interrompit le Dr Belèze, ce n'est pas un reproche que je veux vous faire, Madame Vachain... Mais vous n'avez vraiment pas eu la main heureuse quand vous m'avez envoyé la petite Marcelle...

— C'est-il possible ! s'écria la Vachain en joignant les mains... Vous avez eu des ennuis avec Marcelle ?

— Oui, assez... C'était une voleuse... Elle m'a volé le plus qu'elle a pu... Et d'une saleté !... Jamais mon ménage n'a été aussi mal fait... Je l'ai mise à la porte avant-hier...

Vachain prit la parole :

— On en est désolé, monsieur le docteur ; ma

femme et moi on en est désolé... Seulement, s'il y a moyen de vous être agréable, si en cherchant bien on pouvait vous donner une remplaçante à cette petite Marcelle, vous savez que vous pouvez compter sur nous, monsieur le docteur!...

Cela avait été débité avec des accents si profonds de conviction et de sincérité qu'on sentait bien qu'ils partaient du cœur.

— Pour sûr! surenchérit la Vachain... Monsieur le docteur peut compter sur nous...

— Je vous remercie, repondit M. Belèze... Je retiens ce que vous me dites... En temps et lieu, je ne dis pas que je n'aurai pas besoin de vous...

— Vous avez donc remplacé Marcelle? demanda Vachain.

— Non. Pas encore...

— Eh bien alors, s'écria la Vachain... Pourquoi ne le disiez-vous pas tout de suite, monsieur le docteur?... Je connais justement de ce moment une gentille jeune fille qui cherche une bonne place, où il n'y ait pas trop à travailler... Et ça a quinze ans et demi, monsieur le docteur!... Et sérieuse!... Un agneau pour la douceur et la gentillesse... Elle s'appelle Lina...

— Vous n'avez qu'un mot à dire, monsieur le docteur, s'exclama Vachain, et on vous l'amène...

— Si elle a tant de qualités que cela votre Lina, répondit le Dr Belèze, on peut toujours essayer...

Le soir même Lina était conduite dans l'antre du médecin.

Sous tous les rapports, le docteur se montra satisfait.

Il paya généreusement l'intermédiaire, et dès le lendemain Lina revêtit un tablier blanc, s'arma d'un plumeau et nettoya les meubles.

La cotelette et les œufs du déjeuner furent apprêtés de façon convenable.

Et comme vraiment Lina se montrait passive, comme elle obéissait aux caprices les plus saugrenus comme les plus infâmes de cette bête à face humaine qui s'appelait Belèze, celui-ci fut enchanté de sa nouvelle pensionnaire; et il se promit bien de la garder longtemps.

Par reconnaissance, il alla faire une visite aux Vachain.

Il s'arrêta auparavant, et longtemps, dans la loge de Mame Adolphe, à qui il avait à demander quelques renseignements sur ceux qu'il allait voir.

Les Vachain finissaient leur maigre déjeuner.

Ils se levèrent, tout confus et humiliés, dès l'entrée de celui qu'ils appelaient déjà leur bienfaiteur.

Sans préambule, le Dr Belèze prit le premier la parole.

— Vous savez, dit-il joyeusement, vous avez bien pris votre revanche, madame Vachain... Je suis très content de Lina... Elle fait très bien mon affaire!

— Ah! tant mieux s'écria Vachain... Ça nous fait rudement plaisir, allez ce que vous nous dites là!...

— Pour sûr que ça nous fait plaisir! s'écria la femme en écho joyeux.

— Mais ce n'est pas tout ça, reprit hypocritement le docteur... Je suis surtout venu voir comment va mon malade... Et je constate qu'il va de mieux en mieux.

— Il serait tout à fait guéri, geignit la Vachain, si on pouvait un peu mieux se nourrir... Mais l'ouvrage ne marche pas.

— Vous paraissez très pauvre en effet, murmura le docteur d'un ton apitoyé.

Puis, semblant profondément réfléchir à ce qu'il allait dire, il resta silencieux une demi-minute.

— Voyons, s'écria-t-il enfin, cela ne peut pas durer ainsi !... Vous êtes d'honnêtes gens à qui je m'intéresse beaucoup... Il faut que je vous sorte de là...

Les Vachain ouvraient de grands yeux étonnés et ravis.

— Moi, voyez-vous, continua le docteur, je suis un vieux philosophe qui aime l'humanité... Seulement, je n'ai pas de préjugés, et je pense qu'on n'a inventé la morale que pour les imbéciles ou pour opprimer les faibles... C'est toujours la même chose : tout pour les uns, rien pour les autres... Quand on veut soulager les gens voyez-vous, ce n'est pas avec de belles phrases de réunions publiques qu'il faut opérer ; c'est avec des actes, et non avec des paroles.

— Ah ! oui, s'écria Vachain.

— Pour sûr ! s'exclama son épouse.

— Alors, moi je me suis dit que je pouvais vous être utile... Voilà ce que je vous propose...

Les Vachain étaient haletants.

— C'est grâce à moi que, naguère, une excellente dame qui s'appelle Madame Fumot a pu s'établir... Elle a besoin d'une personne sûre... Comme vous, madame Vachain...

— J'ai déjà entendu parler de Madame Fumot par Mame Adolphe, dit la Vachain... Et je sais de quoi il s'agit... Ah! pour sûr que ça ferait rudement bien mon affaire, une place comme ça!... Et quant à l'honnêteté, on peut s'informer, on peut demander dans le quartier!

— On est pauvre mais honnête, glapit Vachain qui sentait une grande joie l'envahir...

— Alors, demanda le docteur, vous accepteriez, madame Vachain, de rendre des services à Mme Fumot?

— Oh! pour sûr que j'accepterais!... Surtout s'il y a de l'argent à gagner!

— Il y en a, dit le docteur... Et même, si je vous propose cela, c'est que vous m'êtes très sympathiques, et que votre mari, lorsque vous pourrez mieux le nourrir, se trouvera rétabli comme par enchantement.

— Comment vous remercier! s'écria Vachain... Ah! monsieur le docteur, comment prouver notre reconnaissance?

— En satisfaisant Mme Fumot, répondit simplement le docteur...

Il indiqua l'adresse de Mme Fumot, et donna à Mme Vachain ses dernières instructions.

— Vous vous présenterez demain entre onze heures et midi, recommanda-t-il... Vous irez seule, sans votre mari... Vous n'aurez qu'à dire que c'est moi qui vous envoie... Mme Fumot, que je verrai dans l'après-midi, sera prévenue de votre visite...

Au moment où le Dr Belèze prit la porte, les Vachain, enthousiasmés et ravis s'inclinèrent en de profonds salamalecs.

— Quel brave homme! s'écria la Vachain.

— En voilà un qui ne fait pas de phrases et qui aime le peuple! reprit son époux... Quel cœur d'or! Quel honnête homme!

Désormais, la Vachain fut en constantes relations d'affaires avec Mme Fumot.

Mame Adolphe ne se montrait point jalouse de la concurrence, parce qu'elle comprenait que la Vachain était plus jeune et plus active qu'elle-même; et qu'étant maîtresse de son temps, puisqu'elle n'avait pas comme elle de loge à garder, elle pouvait rendre de plus grands services à la maison Fumot qui s'achalandait de plus en plus.

Au contraire, les deux femmes étaient devenues les meilleures amies du monde.

Lorsque la Vachain se trouvait embarrassée, elle demandait des conseils ou des renseignements à Mame Adolphe; et elles avaient ainsi souvent l'occasion de se partager de l'argent.

Vachain ne buvait plus.

Il se vêtait proprement, et affectait de ne plus aller au bar.

Bientôt il ne fréquenta plus que le café où se réunissaient les plus notables commerçants du quartier.

Un à un les meubles revinrent.

Comme aux premiers jours de leur arrivée, les Vachain furent salués dans le voisinage.

— Les Vachain, disait-on, ce sont de bien braves gens!... Ils ont eu des ennuis d'argent durant un temps; mais ils ont l'air, à présent, complètement sortis d'affaire!

Le Dr Belèze, qu'on recevait chaque fois avec vénération, fit des visites plus fréquentes.

Cet intérêt qu'il portait aux Vachain cachait d'ailleurs tout un plan longuement mûri. Mais, en lui-même, le docteur s'amusait beaucoup de la respectabilité de fraîche date dont s'auréolait le ménage.

Un jour, il vint voir ses protégés, et il leur dit à brûle-pourpoint :

— Je n'ai qu'à me louer de vos services... Mme Fumot est également très contente... Elle m'a dit que Mme Vachain était de beaucoup sa meilleure correspondante...

— Je fais tout ce que je peux! répondit la Vachain en minaudant...

— Oui, reprit le docteur, il paraît que vous savez parler aux jeunes filles, que vous savez vite les convaincre. . En un mot, il paraît que vous avez un merveilleux tour de mains...

— Je m'arrange... Je fais tout ce que je peux.

— Eh bien, donc, continua le Dr Belèze, comme vous n'avez point de bêtes préjugés ni l'un, ni l'autre n'est-ce pas?

— J' connais qu'la galette! interrompit laVachain.

— Les préjugés? Ah! là, là!... J' m'asseois dessus!... s'exclama l'homme...

— Eh bien, dans ces conditions, seriez-vous sérieux si je vous donnais l'occasion de vous sortir complètement d'affaire?

Ce furent des protestations.

— Vous avez vu ce que c'était que la misère, reprit le docteur avec toute sa force de persuasion... Si vous voulez finir en rentiers, il ne tient qu'à vous !

Le docteur expliqua sa combinaison avec des termes pleins de sous-entendus...

Voici ce dont il s'agissait :

Il avait, de ce moment-ci, une trentaine de mille francs de disponibles. Au taux où est l'argent, autant valait les garder improductifs dans le coffre-fort d'une banque.

Alors il avait songé à placer ces trente mille francs dans une entreprise particulière.

En un mot, il s'agissait de monter une concurrence à Mme Fumot, mais pas dans le même quartier naturellement...

Le docteur avait beaucoup réfléchi à cette affaire. Il la jugeait excellente, et sachant que Mme Vachain était active et M. Vachain discret, c'est à eux qu'il avait songé pour leur donner la direction et la gérance de ses intérêts.

Les Vachain écoutaient, bouche-bée, le docteur Belèze.

Jamais ils n'auraient osé envisager leur avenir sous d'aussi riantes couleurs.

Vachain tremblait de bonheur.

La Vachain levait les bras vers le ciel, qu'elle semblait prendre à témoin de toute la joie dont son cœur débordait.

L'affaire fut entendue en principe.

Deux jours après, elle était définitivement réglée.

Le docteur avait fait signer des billets ; il avait pris toutes ses garanties avec ses débiteurs.

Les Vachain devaient lui payer, par trimestre, un intérêt annuel de quarante pour cent sur les trente mille francs qu'il leur prêtait.

— Mais, objecta Vachain, est-ce que nous pourrons faire assez d'argent pour vous payer, monsieur le docteur?

— Ne vous inquiétez pas de cela, répondit-il... Je ne vous demande que de la bonne tenue et de la discrétion...

Un mois après, au 31 de la rue de Glasgow, la Vachain — tout en noir comme Mme Fumot — recevait, dans la soirée et dans l'après-midi, même la nuit, quelques messieurs d'âge aux allures de diplomates, d'officiers supérieurs ou de magistrats.

Dans deux petits salons, que meublaient des lits de repos larges et bas, ils se rencontraient là, comme par hasard, avec de petites ouvrières, ou des vierges plus ou moins naïves désireuses de connaître la grande vie. En certains milieux sérieux, la Vachain eut la spécialité des filles très jeunes.

La rente du docteur, qui d'ailleurs consommait à bon compte, fut exactement payée.

La Vachain, qui se piquait d'être une femme de cœur, par reconnaissance des services rendus aux mauvais jours, employa Mame Adolphe qu'elle rémunéra généreusement.

En étendant ses relations, la Vachain agrandit aussi le cercle de ses affaires.

Elle eut des albums de photographies, et tint, en catimini, toutes les spécialités de la luxure.

Les lesbiennes et les uranistes de la haute vie se donnèrent bientôt rendez-vous chez elle.

Pour l'affabilité de la tenancière, et pour le choix des sujets, la maison eut une notoriété discrète parmi les noceurs riches.

Vachain ne sortait plus qu'en redingote et haut-de-forme.

Il avait pris du ventre et se faisait estimer, au Terminus-Bar, d'un groupe d'habitués, pour sa belle prestance et ses opinions gouvernementales.

Comme sa femme, il avait complètement oublié Georgette.

Après tout, leur fille les avait quittés dans les mauvais jours. Tant pis pour elle, si elle était malheureuse maintenant...

Quant aux Vachain, eux, ils jouissaient d'un bonheur sans mélange.

— MAMAN !.. HA !.. TU ME DÉGOUTES !

IX

LA VACHAIN

Par rapport à ses amies que décimaient la syphilis, l'alcool, le noctambulisme enragé et les râfles de la police, Georgette Vachain avait eu, après ses ennuis, une fortune inespérée.

Son défenseur des Folies-Bleues, le soir où M. Bellardin s'était conduit vis-à-vis d'elle comme un pleutre, le comte Jean de Belgis s'était épris de Georgette.

Il l'avait vue si belle dans sa colère ; et lorsqu'elle avait raconté sa véridique histoire devant les agents du poste de police, il l'avait sentie si sincère, qu'il se prit pour elle d'une grande sympathie.

Huit jours auparavant, M. de Belgis avait rompu définitivement avec une maîtresse qui le trompait outrageusement et qui avait le plus déplorable caractère. Elle était loin d'être aussi belle que Georgette ; et comme cette liaison durait depuis plus de deux années, le comte avait rompu d'un cœur léger avec une femme qui s'efforçait de le rendre ridicule, et qu'il ne jugeait plus digne des fortes mensualités qu'il lui octroyait.

M. de Belgis s'attacha de plus en plus à Georgette. Il vit de suite que c'était une bonne fille, très digne d'intérêt.

Un mois après leur première rencontre, Georgette Vachain était devenue Norma de Valsolier.

Ce baptême ne manqua pas d'originalité.

Voici comment il s'était opéré.

M. de Belgis avait présenté à quelques amis sa nouvelle conquête sous son nom véritable : Georgette Vachain.

Il y eut quelques sourires dans ce clan de fêtards bien élevés et riches.

Le nom était ridicule, mais la fille était vraiment très belle. Aussi tous les amis du comte s'intéressèrent-ils puissamment à la nouvelle venue.

Une nuit, après un souper au champagne, un des amis de Jean de Belgis proposa de baptiser Georgette d'un nom moins roturier, plus digne d'elle et de sa beauté blonde.

Les cinq amis du comte, et Jean de Belgis lui-même, après avoir demandé l'avis de Georgette, s'essayèrent à lui trouver un nom.

On fit des essais, au point de vue de l'esthétique et de l'euphonie, par rapport à la situation sociale de la blonde demi-mondaine :

— Laura d'Etampes...

— Georgette de Sablon-les-Charmes...

— Georgina de Sablon...

— Victoria Descharmes...

— Norma de Valsolier...

— Diana Velours...

Chacun tenait à baptiser Georgette du nom qui lui passait à l'instant par la tête.

A la fin, les soupeurs se décidèrent à écrire chacun un nom sur un bout de papier ; et les six noms furent mis dans un chapeau.

Le chapeau fut agité...

Georgette tira elle-même..

Elle lut :

— Norma de Valsolier...

Ce furent des hurrahs retentissants.

Le champagne de la meilleure marque coula à flots pour arroser ce baptême...

Georgette Vachain ne s'appela plus désormais que Norma de Valsolier.

Deux jours après, on lui apportait cent cartes de visite à son nouveau nom.

Norma de Valsolier, avec une puissance d'assimilation que l'on trouve souvent chez les jeunes femmes, se montra digne de sa noblesse de cabinet particulier.

Elle prit des habitudes de politesse raffinée, et elle s'affubla de manières assez distinguées pour porter élégamment ses belles robes.

Tout en gardant de la fille ce qu'il en fallait pour se faire aimer longtemps, elle se décrassa très vite des tares prostitutionnelles,

Car, selon l'ordinaire langage qui établit une ligne de démarcation bien définie entre les deux termes, elle n'était plus une prostituée; elle était devenue demi-mondaine.

Facilement, Norma fut compétente en chevaux, en tableaux et en poésie.

Elle sut parler juste d'une pièce nouvelle, et guider son automobile dans l'avenue des Champs-Elysées.

Peu de temps après avoir fait la connaissance du comte de Belgis, Georgette était retournée boulevard de Belleville.

Mais ce n'était pas Mame Adolphe — sans doute partie en quête de gibier faubourien — qui l'avait reçue ; c'était une femme qu'elle ne connaissait pas.

— Monsieur et Madame Vachain ? avait-elle demandé le cœur serré de crainte et d'angoisse.

— Y n'sont plus ici y a beau temps ! avait répondu la concierge intérimaire.

— Vous savez leur adresse ?

— Pour sûr que non ! dit la femme.

Georgette était partie, navrée... Elle n'avait pas osé poser de nouvelles questions ; et elle était remontée dans sa voiture en pleurant.

Ainsi, son père et sa mère avaient déménagé sans laisser d'adresse !

Ils étaient peut-être tombés dans la misère la plus noire !...

Morts de faim, peut-être !...

Aussi, pourquoi son père, autrefois, l'avait-il rudoyée quand elle était revenue les voir ! Pourquoi lui avait-il défendu de mettre les pieds chez lui...

Elle ne leur avait pas donné de ses nouvelles depuis longtemps, c'est vrai ; mais ce n'était pas de sa faute !

Elle aurait été si disposée à aider ses parents maintenant qu'elle avait de l'argent...

— Mon Dieu ! que je suis malheureuse ! gémissait Georgette.

Au fond, elle éprouvait un cruel chagrin.

Elle était si troublée au moment de sa visite, qu'elle n'avait pas songé à demander si Mame Adolphe était toujours concierge de l'immeuble.

Devant les réponses catégoriques et hargneuses de la remplaçante, elle avait cru que Mame Adolphe n'occupait plus sa loge.

Georgette, dont le cœur saignait d'être dépourvu d'affection familiale, se lança à corps perdu dans la noce à outrance.

Cela l'étourdissait de ses chagrins intimes.

Car, au fond, malgré ses bijoux et malgré ses robes du meilleur faiseur, Georgette — à présent de Norma de Valsolier — ne pouvait pas être heureuse.

Elle n'était pas dans son milieu parmi tous ces jeunes gens millionnaires ; et elle souffrait de voir que, malgré leur apparente correction, le mépris perçait souvent sous leurs moindres propos.

Elle se laissait griser par tout ce luxe et tout ce snobisme ; mais elle rêvait — comme d'un idéal ! — d'une calme petite maison de province, entre cour et jardin, où elle eut été aimée pour ce qu'elle était, pour une belle et bonne fille, par un brave homme qui lui eut fait des enfants et qui eut travaillé pour les nourrir.

Georgette avait gâché sa vie. Elle s'en rendait compte jusqu'à l'angoisse, jusqu'à l'obsession. Un remords tenace s'était implanté en elle, et venait la torturer durant ses rêvasseries du jour aussi bien que pendant ses nocturnes insomnies.

Non, elle n'avait point été faite pour servir de jouet et de chair à plaisir à tous ces noceurs qu'elle fréquentait par métier.

Pourtant, quand Georgette se comparait à certaines de ses amies des « Folies-Bleues » ou du « Moulin-Vert » elle aurait pu, semblait-il, moins se plaindre de son sort.

— C'est pourtant vrai que j'ai eu une chance relative, s'écriait-elle...

Puis, vite reprise par ses mélancolies, elle continuait à suivre le fil de ses rêves douloureux.

Malgré son luxe, malgré les cadeaux dont l'accablaient ses amants, le cœur de Georgette était vide...

Elle n'aimait pas ; elle n'était pas aimée.

Et c'était de cela surtout, de cela seulement que souffrait la jeune femme : d'avoir le cœur vide d'affection, de sentir que ses désirs de sentimentalité n'étaient point satisfaits.

— Aimer, aimer vraiment de tout son cœur, de toute son âme et de toutes ses lèvres, n'est-ce pas là — se disait-elle — le seul but de la vie pour toute créature humaine ? Et nul ne peut se vanter d'avoir connu la joie de vivre, s'il n'a su les vraies joies d'un amour partagé !

Georgette en arriva vite à comprendre pourquoi presque toutes ses amies avaient des amants de cœur.

C'était pour elles le moyen de se prouver qu'elles étaient encore des femmes, de vraies femmes, au lieu d'être les jolies poupées, les somptueux mannequins, les bêtes luxueuses que leurs propriétaires — ou leurs loueurs — présentaient avec ostentation à l'admiration des foules, dans tous les endroits à la mode.

Parfois, la cervelle désemparée, Georgette songeait au Désiré Truchet, de son début dans la noce. Si elle l'eût rencontré dans un de ces instants de la déprimante neurasthénie qui la minait tout entière, malgré l'infamie du personnage, malgré tout ce qu'il lui avait fait, nul doute que Georgette lui eut ouvert à la fois ses bras et son porte-monnaie.

Pour l'instant, Norma de Valsolier se rendait très souvent, presque chaque jour, dans un magasin de nouveautés, avec le but avoué d'acheter des gants, mais en réalité pour se rencontrer avec un beau jeune homme brun, aux yeux noirs, à la barbe en pointe.

Elle le trouvait très distingué, très aimable, et elle se sentait toute disposée à accorder ses faveurs à ce jeune employé, préposé au rayon de la ganterie.

— Si ce n'est pas lui, ce sera un autre, concluait philosophiquement Norma... Car, c'est vraiment trop bête et trop dur de n'avoir personne à aimer... De tous ces « types à galette » que je fréquente, il n'y en a pas un — pas même le comte Jean — qui puissent oublier que je suis une catin... Je lis dans leurs yeux à tous, le mépris qu'ils ont pour moi... Et puis, flûte ! j'en ai assez d'être méprisée !... Il ne sera pas dit que je ne ferai pas connaissance de quelque brave et gentil jeune homme qui m'aime pour moi-même et qui me prenne pour ce que je suis... S'il y a du danger, tant pis !... Si je tombe mal et qu'on me gruge, je le verrai bien !... J'en ai assez de tous ces rastas, et de ces petits crevés... Ils sont aux petits soins pour moi, parce que je suis belle et encore jeune, parce que je leur fais honneur... Mais, dès la première ride, bien avant le premier cheveu blanc, ils m'auront tourné le dos... Ils m'embêtent tous !... Ils me rasent !... Ils me dégoûtent autant que je me dégoûte moi-même !...

Comme on le voit, dans sa vie de luxe outrancier, de snobisme exaspérant à force de parisianisme, Norma de Valsolier n'était pas heureuse.

Elle se laissait vivre et « adorer » passivement !...

Parfois, des orgies bêtes et imposées coupaient sa vie.

C'est ainsi qu'un soir, au sortir d'une première au Vaudeville, où l'avait accompagnée le comte Jean de Belgis, elle fut menée par lui, pour y souper, chez Bertrand's, le restaurateur à la mode, où ils étaient sûrs de retrouver des amis.

Ils tombèrent au milieu d'une troupe joyeuse, commandée par le jeune et sympathique usinier-sportsman Georges Carton, qui venait de gagner dix mille francs aux courses et que tout cet argent gênait.

Après souper, Georges Carton proposa d'aller continuer ailleurs la petite fête.

— Où voulez-vous nous mener? demanda Jean de Belgis

— Ça, ça me regarde! répondit Georges Carton... Vous n'aurez pas à vous plaindre... Une boîte épatante, et pas encore très connue... Du nanan! ajouta-t-il en faisant une pirouette...

Les voitures partirent, et s'arrêtèrent devant le 31 de la rue de Glasgow.

Il était quatre heures du matin.

La porte cochère s'entr'ouvrit; et, silencieusement les huit personnes qui avaient suivi Georges Carton, montèrent jusqu'au palier du premier étage.

Georges Carton pressa le bouton de la sonnerie.

Peu après, une soubrette vint ouvrir.

— Bonjour, Rosine, claironna le petit usinier... Tu vois, selon ma promesse je t'amène des clients...

— Entrez, Messieurs et Madame, fit Rosine en s'inclinant. Mais, il faut bien que ce soit vous, Monsieur Georges, pour que Madame ait consenti à vous attendre jusqu'à cette heure-là...

Le champagne fut servi dans le salon bleu par un jeune domestique à la figure pâle et aux yeux cernés.

Vers la dixième coupe, les fêtards réclamèrent des filles à grand renfort de trépignements et de cristaux brisés.

Quelques-uns trouvaient amusant d'écrire leur prénom sur la glace.

Un Américain, nouvellement débarqué, entaillait la boiserie.

Soudain, la porte s'ouvrit.

Une apparition, correcte et vêtue de noir, arrêta un instant l'élan des rires, puis disparut.

Georgette avait pâli jusqu'à l'angoisse...

Elle venait de reconnaître sa mère !

— J'ai sans doute trop bu de champagne ! se dit-elle en se passant la main sur les yeux... J'ai dû avoir une hallucination !

Mais elle ne douta plus quand, le tumulte reprenant de plus belle, les fêtards se mirent à scander de la voix et du pied, sur l'air des « Lampions » :

— La Vachain ! La Vachain ! La Vachain !...

Pour essayer de calmer ce nouveau tapage, la Vachain réapparut.

— Messieurs, Messieurs, fit-elle, soyez plus calmes... Moins de bruit, car...

Elle n'eut pas le temps de finir sa phrase...

Elle venait de reconnaître Georgette !

Norma de Valsolier s'était levée toute droite.

Les rancœurs de sa vie lui remontaient aux lèvres en un désir de vomir :

— Maman, tu me dégoûtes ! cria-t-elle.

Ces Messieurs s'étaient tus subitement.

Ils regardaient Norma, qu'ils croyaient être devenue folle.

Georges Carton, très sceptique, lança un peu plus qu'à mi-voix, cette réflexion dépourvue d'aménité :

— Alors, quoi, c'est de famille ?

Ces paroles furent entendues, et eurent quelque succès.

Mais, la Vachain s'était éclipsée.

Elle marmonnait entre ses dents :

— La petite garce !... Il est dit qu'elle continuera

à nous porter la guigne!... Comme c'est amusant pour des clients, des histoires comme ça!

Dans le salon bleu, un pénible silence régnait.

Nerveusement, Norma de Valsolier égalisa devant la glace les nœuds de sa cravate en mousseline de soie vert-Nil.

— Venez-vous, comte? fit-elle, la voix haîneuse et la gorge serrée par l'humiliation...

En galant homme, Jean de Belgis l'accompagna, au regret de l'incident...

Et ses amis le suivirent.

Georges Carton donna au garçon appelé, un billet de cinq cents francs, en lui faisant signe de garder la monnaie.

Trois minutes après, les fêtards se trouvaient installés dans leurs voitures, et rentraient chacun chez soi...

Il était six heures du matin.

Une aurore blême, sous un ciel fumeux, coulait entre les maisons hautes. Paris s'évoquait lentement de la nuit disparue, avec les croupes dorées de ses dômes, et le désir aigu et jaillissant de ses colonnes et de ses clochers.

Les vagabonds du matin cherchaient, autour des cercles et des grands cafés, l'aubaine d'un cigare coûteux à peine entamé, ou d'un bouquet de fleurs rares qu'on peut revendre.

Des files de jeunes ouvrières se hâtaient, sous le regard convoiteur des mâles.

Des vieillards à cheveux blancs, des noceurs en

habit noir, s'affaissaient, défaits, dans leurs voitures qui les ramenaient au grand trot.

Partout, l'aurore véridique faisait justice des maquillages. Elle décelait des lèvres fripées, des yeux battus, de la faim et de la débauche.

Et, tout au loin, derrière la ceinture de fumée de la Ville, on entendait gronder, siffler comme dans un râle d'ardents souhaits, les trains qui amenaient vers le gouffre, en même temps que le poisson, les légumes et la viande des Halles, des cargaisons de bras forts pour le travail, et de corps frais et jeunes pour la luxure :

Paris s'approvisionnait !...

Un géant, haussé sur l'horizon, dont le regard eût pénétré par-dessus les montagnes qui ceignent les patries, eût vu chaque village, chaque contrée, chaque pays, chaque race apporter son tribut à la ville d'égoïste volupté : enfants impubères, filles naïves, femmes florissantes, à l'Ogre qui déjà, dans les linceuls du matin, étirait ses muscles formidables, et dont les lumineuses dents s'aiguisaient, avides de proies nouvelles.

BIBLIOTHÈQUE NATIONALE R.F. IMPRIMÉS

Courbevoie. — Imp. E. Bernard, 14, rue de la Station

Librairie Scientifique et Industrielle des Arts et Manufactures

E. BERNARD

Paris. — 29, Quai des Grands-Augustins. — Paris

En Vente chez tous les Libraires :

Traité d'Electricité Pratique

Pour l'étude sans maître

et l'initiation professionnelle de l'Ouvrier ou du Monteur Electricien

Par **A. ten BOSCH (N.J.z)**, INGÉNIEUR-ÉLECTRICIEN

Traduit du Néerlandais par **Ant. KAYAERT**

Sous-chef de bureau à l'Administration des Télégraphes belges

Ce traité d'électricité contient :

PREMIÈRE PARTIE : Courants continus, lampes, dynamos, accumulateurs, etc.

DEUXIÈME PARTIE : Courants alternatifs, monophasés, polyphasés, alternateurs, etc.

TROISIÈME PARTIE : Traction électrique.

QUATRIÈME PARTIE : Téléphonie, télégraphie, signaux.

MODE DE PUBLICATION :

Cet ouvrage, orné d'environ 500 gravures, paraîtra en 30 fascicules de 16 pages, du format gr. in-8 ; les fascicules coûteront 50 centimes chacun et paraîtront successivement tous les quinze jours.

Prix de l'ouvrage complet. . . . **15 fr.**

Payable : **5** fr. comptant ; **5** fr. avec le 15e fascicule ; **5** fr. avec le 30e fascicule

AUSSITOT L'OUVRAGE ENTIÈREMENT PARU LE PRIX SERA PORTÉ A **20** fr.

Petite Encyclopédie pratique
DE
CHIMIE INDUSTRIELLE

Publiée sous la Direction de

F. BILLON, ingénieur-chimiste

Avec la collaboration de M. Auguste PERRET, licencié ès sciences.

Cette petite **Encyclopédie pratique de chimie industrielle** s'adresse à tous ceux qui considèrent qu'il est de leur devoir comme de leur intérêt de ne rien ignorer du mouvement scientifique contemporain.

Aussi dans ces trente volumes ne trouvera-t-on que l'exposé simple, en langage aussi débarrassé que possible de tout terme savant, des faits qui sont nécessaires pour comprendre les principales fabrications industrielles.

Démontrer l'importance du mouvement commercial auquel donne lieu l'industrie chimique; indiquer à chacun une utilisation possible de ses capitaux en permettant de se rendre compte rapidement des conditions d'établissement de certaines exploitations minières ou agricoles, donner à tous ceux qui emploient les produits chimiques la connaissance de leurs origines, de leurs propriétés: leur permettre de les utiliser et même souvent de les fabriquer au mieux de leurs intérêts, tel est le but de cette œuvre modeste mais que nous croyons utile.

Prix du volume broché **1 fr. 50**, relié **2 francs**, et la collection complète brochée Prix: **40 fr.**

1. — **Histoire de l'industrie chimique.** — La Chine, l'Inde, l'Egypte. — La Grèce, Rome. — Le moyen âge. — Le XVIe siècle. — Le XVIIe siècle. — Le XVIIIe siècle. — L'industrie moderne, principes de nomenclature et de notation chimique.

2. — **Le sel.** — Propriétés. — Distribution géologique. — Exploitation: marais salants, carrières et mines, sources salées. — Evaporation, eaux-mères. — Industrie de Stassfurt. — Raisons physiologiques de l'emploi du sel.

3 — **Soude et potasse.** — Définitions. — Soudes naturelles, soude Leblanc, soude à l'ammoniaque. — Soude électrolytique. — Borate de soude. — Potasses naturelles, potasse de Stassfurt. — Potassium et sodium.

4. — **Soufre et dérivés.** — Exploitation du soufre natif et des pyrites. — Acide sulfureux, sulfites, hyposulfites. — Acide sulfurique. — Sulfure de carbone.

5. — **Chlore et dérivés.** — Chlore, hypochlorites, blanchiment. — Acide chlorhydrique, chlorate de potasse électrolytique. — Brome, iode et dérivés.

6. — **Produits nitrés et ammoniacaux.** — Ammoniaque, sources diverses, fabrication de l'ammoniaque et de ses sels. — Nitrates de potasse et de soude. — Acide nitrique — Cyanures.

7. — **L'eau.** — Propriétés. — Eau potable. — Bactériologie. — Eau filtrée, eau stérilisée, eau distillée. — Purification industrielle. — Eaux gazeuses. — Glaces.

8. — **Le sucre.** — Sources. — Extraction. — Raffinage. — Usages, confiserie, chocolats, sirops.

9. — **L'alcool.** — Fermentation alcoolique. — Matières premières. — Distillation, produits et résidus. — Alcools de consommation et d'industrie. — Propriétés et emplois, toxicité, hygiène.

10. — **Vins et vinaigres.** — Levures, culture et sélection. — Fermentation, opérations qui la précèdent et la suivent. — Ses correctifs. — Maladies, altérations et sophistications des vins. — Vinaigres.

11. — **Bière, cidre, poiré.** — Bière, matières premières. — Germination. — Fermentation. — Conservation. — Cidre et poiré.

12. — **Farines et fécules.** — Céréales. — Obtention des farines. — Panification. — Gluten, pâtes alimentaires. — Amidon, dextrine. — Fécules.

13. — **Lait, corps gras alimentaires.** — Lait, production, conservation, composition, altérations et falsifications. — Beurre. — Beurre artificiel. — Fromages. — Axonge, huiles alimentaires.

14. — **Conserves alimentaires.** — Procédés physiques. — Dessiccation. — Froid. Enrobage. — Privation d'air. — Procédés chimiques. — Application aux diverses substances. — Viandes et comestibles. — Poissons. — Lait. — Légumes et fruits. — Confitures et gelées.

15. — **Matières animales.** — Cuirs, tannage. — Peaux ouvrées. — Gélatine, colles, — Noir animal, Albumines diverses.

16. — **Engrais.** — Matières végétales et animales. — Engrais chimiques, nitrates, phosphates, sels de potasse. — Chimie du sol.

17. — **Le bois.** — Conservation. — Distillation. — Pâtes à papier.

18. — **L'industrie des gaz.** — Liquéfaction de l'acide carbonique, du chlore, de l'oxygène, de l'acide sulfureux, de l'ammoniaque. — Froid artificiel. — Les gaz éclairants : gaz de houille, « gaz pauvres. » — Acétylène.

19. — **Le pétrole.** — Géologie, formation, gisements. — Exploitation. — Distillation. — Sous-produits et leur utilisation.

20. — **Corps gras industriels.** — Saponification, théorie. — Matières premières. — Huiles et graisses diverses. — Agents de saponification. — Savons divers. — Bougies. — Acide stéarique. — Glycérine.

21. — **La parfumerie.** — Essences naturelles, extraction. — Parfums artificiels, composition et fabrication. — Savons, eaux de toilette, préparations diverses.

22. — **Vernis, mastics et enduits.** — Matières premières, résines, caoutchouc, gutta. — Vernis divers. — Encres et cirages. — Mastics isolants et hydrofuges.

23. — **Teinture et impression.** — Couleurs végétales, couleurs d'aniline, composition et fabrication. — Impression.

24. — **Couleurs minérales.** — Blancs divers. — Rouges, cinabre, minium. — Bleu-outremer. — Verts. — Bronzes en poudre. — Couleurs pour la verrerie et la céramique.

25. — **Explosifs, pyrotechnie, allumettes.** — Poudres, dynamites, fulmi-cotons, fulminates. — Pyrotechnie. — Phosphore, allumettes diverses.

26. — **Métaux terreux.** — Calcium, chaux, mortiers, ciments, plâtre. — Magnésium, terres rares. — Aluminium, argiles, aluns.

27. — **Fer, fontes et aciers.** — Minerais, distribution géologique, composition. — Fabrication. — Définition des fers, fontes et aciers industriels. — Emplois.

28. — **Cuivre, plomb, mercure.** — Géologie, extraction, métallurgie. — Applications.

29. — **Zinc, étain, nickel, cobalt.** — Géologie, extraction, métallurgie. — Applications.

30. — **Or, Argent, Platine.** — Géologie, extraction, métallurgie. — Applications.

Collection complète en 30 volumes

PRIX du Volume broché : **1 fr. 50** — La collection brochée : **40 fr.**
— — relié : **2 fr.** — — reliée : **50 fr.**

Petite Encyclopédie pratique

AGRICOLE ET HORTICOLE

PUBLIÉE SOUS LA DIRECTION DE

M.-C. LECHALAS, inspecteur gén. des Ponts et Chaussées en retraite.

Duclaux (E.), membre de l'Institut, Directeur de l'Institut Pasteur. — **Principes de laiterie.**

Chapitre I. Constitution physique du lait. — Chap. II. Constitution chimique du lait. — Chap. III. Les microbes du lait. — Chap. IV. Etude de quelques fermentations spéciales. — Chap. V. Méthode d'analyse du lait. — Chap. VI. Traitement commercial du lait. — Chap. VII. Ecrémage naturel. — Chap. VIII. Ecrémage centrifuge. — Chap. IX. Barattage du lait ou de la crème. — Chap. X. Le beurre. — Chap. XI. — Principes généraux de la fabrication des fromages. — Chap. XII. Etudes des divers types de fromages. — Chap. XIII. Fromages à pâte ferme et non cuits. — Chap. XIV. — Fromages à pâte molle.

Un volume in-18 jésus, de 370 pages avec 25 figures. Prix : **3** fr. **50**

Gain (Georges), juge d'Instruction. — **Les Syndicats professionnels agricoles.**

Nouveau commentaire de la loi du 21 mars 1884, suivant la doctrine et la jurisprudence, et examen critique des propositions de loi présentées par MM. Marcel Barthe, Bovier-Lapierre, Lachèze et Méline.

Un volume in-18 jésus, de 377 pages. Prix : **2** fr.

Heuzé (G.), insp. gén. de l'Agriculture. **La petite culture agricole, légumière et fruitière, dans les campagnes et aux environs des villes.**

Chapitre I. La petite culture dans les régions agricoles. — Chap. II. Les exploitants. — Chap. III. Les agents de la production. — Chap. IV. Le matériel de la petite culture. — Chap. V. Les plantes de la petite culture agricole. — Chap. VI. Les plantes de la petite culture légumière. — Chap. VII. Production des plantes herbacées. — Chap. VIII. Production et récolte des graines légumières. — Chap. IX. Le bétail de la petite culture. — Chap. X. Les volailles de la petite culture. — Chap. XI. Les lapins. — Chap. XII. Les abeilles. — Chap. XIII. Les vers à soie. — Chap. XIV. Les arbres fruitiers dans les champs de la petite culture. — Chap. XV. Le jardin de la petite culture. — Chap. XVI. Récolte, emballage et vente.

Un volume in-18 jésus, de 401 pages avec 121 figures. Prix : **2** fr.

Larbalétrier (A.), prof. d'Agriculture. — **Petit dictionnaire d'agriculture, de zootechnie et de droit rural.**

Un vol. in-18 jésus, de 199 pages, avec 23 fig. Prix cartonné : **2** fr.

Lechalas (M.-C.) inspecteur général des Ponts et Chaussées en retraite, et de **Lalande (H.)** avocat au Conseil d'Etat. — **Les Cours d'Eau. — Hydrologie. — Législation.**

1re Partie : Hydrologie. — Chapitre I. Généralités. — Chap. II. Torrents, lacs et rivières. — Chap. III. Petits cours d'eau et fossés de dessèchement. — Chap. IV. Cultures permanentes.

2e Partie : Législation. — Chapitre I. Des cours d'eau navigables et flottables. — Chap. II. Des cours d'eau non navigables ni flottables.

Un volume in-18 raisin de 348 pages avec 35 figures. Prix : **2** fr.

Nivoit (E.) inspr gén. des Mines — **Eléments de Géologie.**

Cet ouvrage comprend les matières du programme de l'enseignement secondaire classique et moderne.

Chapitre I. Notions sommaires sur les roches. — Chap. II. Phénomènes naturels d'origine externe. — Chap. III. Phénomènes actuels d'origine interne. — Chap. IV. Constitution générale de l'écorce du globe. — Chap. V. Ere primaire. — Chap. VI. Ere secondaire. — Chap. VII. Ere tertiaire. — Chap. VIII. Ere quaternaire. — Chap. IX. — Géologie de la France.

Un vol. in-18 jésus, de 359 pages avec 156 fig. et 1 carte géologique. Prix : **2** fr.

Petit (P.) professeur à la faculté des sciences de Nancy. — **Nutrition et production des animaux, bœuf, cheval, mouton, porc.**

Chapitre I. Les Aliments. — Chap. II. Description des matières alimentaires. — Chap. III. Le corps de l'animal et ses fonctions. — Chap. IV Production des animaux. — Chap. V. Espèces bovine. — Chap. VI. Espèce Ovine. — Chap. VII. Espèce chevaline. — Chap. VIII. Espèce porcine. — Tables des compositions des matières alimentaires.

Un volume in-18 jésus de 331 pages. Prix **2** fr.

Pion (Ernest), vétérinaire-inspecteur du marché de la Villette. — **Le commerce de la boucherie.**

Chapitre I. Renseignements généraux. — Chap. II. Elève et engraissement des bestiaux. — Chap. III. Commerce des bestiaux. — Chap. IV. Commerce de la boucherie en gros, ou commerce à la cheville. — Chap. V. Commerce de la boucherie, de la charcuterie et de la triperie. — Chap. VI. La viande : qualités, catégories ; fournitures aux établissements publics. — Chap. VII. Détails des prix de la boucherie dans les villes et dans les campagnes. — Chap. VIII. Abaissement possible du prix de la viande. — Chap. IX. Inspection de viandes. — Chap. X. Organisation de la vente aux consommateurs à Paris et en province. — Chap. XI. Boucheries hippophagiques. Règlements. — Chap. XII. Conclusion.

Un vol. in-18 jésus, de 359 pages avec fig. et 1 pl. Prix : **2** fr.

Renard (A.), professeur de chimie agricole à l'Ecole des Sciences de Rouen. — **Amendements et engrais.**

Chapitre I. L'air. — Chap. II. — L'eau. — Chap. III. Le sol. — Chap. IV. Amendements. — Chap. V. Engrais azotés. — Chap. VI. Engrais phosphatés. — Chap. VII. Engrais alcalins. — Chap. VIII. Analyse des terres. — Chap. IX. Analyse et valeur vénale des engrais. — Tableau récapitulatif de la richesse en principes fertilisants des principales matières employées comme engrais. — Répression des fraudes dans le commerce des engrais.

Un volume in-18 jésus, de 124 pages avec figures. Prix : **2** fr.

Vilmorin-Andrieux. — **Les légumes usuels.**

Les légumes usuels sont disposés dans l'ordre alphabétique pour faciliter les recherches. On a inséré à la fin du second volume :

1° Un tableau résumé des poids du litre de graines, des nombres de graines dans un litre et des durées germinatives.

2° Un calendrier des Semis à faire dans chaque mois pour les différentes conditions de culture, avec indication des époques de production.

3° Un tableau détaillé des choix de plantes potagères pour les divers climats et les différentes conditions de culture.

4° Des listes d'assortiments de légumes pour jardins de diverses grandeurs.

Deux vol. in-18 jésus, ensemble 610 pages avec figures.

Prix : **3 fr. 50** par volume.

L'introduction de cette excellente étude, a été écrite par M. H. DE VILMORIN.

Prix de la collection complète des 11 volumes : **25** francs.

E. BERNARD. — PARIS

PETITE ENCYCLOPÉDIE PRATIQUE

DU

BATIMENT

Publiée sous la direction

DE

L.-A. BARRÉ, ✱, O. I. ◐.

INGÉNIEUR DES ARTS ET MANUFACTURES, PROFESSEUR A L'ASSOCIATION POLYTECHNIQUE

Les ouvrages sur la construction sont très nombreux et beaucoup sont excellents. M. L.-A. Barré, ingénieur des arts et manufactures, en a rédigé un certain nombre et a collaboré à beaucoup d'autres. Son dernier *Memento de l'Architecte* a déjà conquis une juste réputation.

Pourtant, dans des ouvrages embrassant toutes les branches de la construction, on est conduit ou à être parfois trop restreint pour tenir sous un faible volume, et l'on ne satisfait pas tous les spécialistes, ou à être trop étendu, ce qui conduit dans ce dernier cas à des ouvrages d'un prix trop élevé.

Nous avons donc cru qu'à une époque comme la nôtre, où chacun se spécialise de plus en plus, il y avait place pour des ouvrages à très bon marché, mais ne s'occupant chacun que d'une section limitée du bâtiment et des travaux. Nous avons donc chargé M. L.-A. Barré, si connu parmi les ingénieurs comme parmi les architectes et les entrepreneurs par ses nombreuses publications, de rédiger la *Petite Encyclopédie pratique du Bâtiment* que nous présentons aujourd'hui.

Dans ces douze petits volumes, mis à la portée de tous, l'auteur a cherché surtout à résumer et à vulgariser des notions que l'on ne trouve guère que dans des ouvrages très étendus sur la construction.

Les praticiens trouveront dans l'ensemble de cette collection portative, les renseignements condensés relatifs aux diverses catégories de travaux, chaque intéressé pouvant ainsi choisir le volume qui l'intéresse particulièrement, sans être obligé de s'encombrer d'un gros livre toujours coûteux.

Successivement, on trouvera dans cette encyclopédie : les terrassements et fondations, les matériaux de construction, la résistance des matériaux, la maçonnerie, les murs, les arcs et voûtes, les escaliers, les pavages et carrelages, les légers ouvrages et la décoration, les assemblages de charpente et les planchers en bois, les combles en bois, les planchers, colonnes et poitrails métalliques, les combles métalliques, la couverture, la menuiserie et la serrurerie, l'eau à la maison, le chauffage et la ventilation, l'éclairage et l'électricité, les constructions rurales et économiques, les proportions des diverses parties des constructions, les lois et règlements concernant la construction, etc., le tout illustré de nombreuses figures et complété par des tableaux de dimensions, de poids et de prix courants.

Nous espérons que le nouveau labeur de M. L.-A. Barré sera goûté du public nombreux qui a besoin surtout de petits livres maniables et à bon marché. Nous souhaitons que la *Petite Encyclopédie pratique du Bâtiment* suscite chez ses lecteurs des observations dont l'auteur sera heureux de faire profiter les éditions futures.

Si nous pouvons épargner du temps à ceux qui se serviront de ces petits ouvrages, notre entreprise n'aura pas été vaine et nous chercherons, dans l'avenir, à la perfectionner encore.

E. BERNARD ET Cie.

Prix de chaque volume, broché **1 fr. 50**, relié pleine toile **2 fr.**
La collection des 12 volumes, brochés **15 fr.**, — **20 fr.**

NOMENCLATURE DES OUVRAGES DE LA COLLECTION

1. — **Terrassements, Fondations, Echafaudages.** — Fouilles. — Sondages. — Outils pour sondages. — Fouilles en puits, en sous-œuvre. — Fouilles sous l'eau. — Pilotis. — Poussée des terres. — Echafaudages. — Poids du mètre cube des principaux matériaux de construction. — Proportions des diverses parties d'une construction.

2. — **Matériaux de construction** (*Emploi et résistance*). — Sables. — Cailloux. — Pierres naturelles. — Matériaux artificiels. — Calcaires. — Plâtre. — Briques — Mortiers, chaux, Ciments. — Bois. — Fonte, fer, acier, bronze, cuivre. — Traction. — Compression. — Flexion — Torsion. — Tableaux numériques des charges de rupture et des coefficients de travail des divers matériaux suivant leur emploi.

3. — **Maçonnerie en général.** — Maçonnerie de pierres de taille, de moellons, de meulière, de briques, de béton, de ciment. — Murs de fondation, de façade, de clôture, de soutènement, de réservoirs. — Appareils divers des pierres. — Murs creux et murs en briques creuses. — Conduites de fumée. — Fosses d'aisances. — Chaînage des murs. — Baies, linteaux, arcs de décharge, portes, fenêtres, meneaux, pilastres en pierre. — Voûtes en berceau, d'arête, en arc de cloître, en anse de panier. — Cubature et stabilité des voûtes. — Escaliers en pierre.

4. — **Charpente en bois.** — Assemblage des bois. — Poteaux, Poitrails et planchers en bois. — Poutres armées. — Mattresses-poutres — Distribution économique des solives dans un plancher. — Charge des planchers en bois. — Combles. — Distribution économique des pannes dans une ferme. — Comble à la Mansard. — Combles pour magasins et ateliers. — Calcul d'un comble et d'un appentis.

5. — **Menuiserie en bois.** — Menuiserie intérieure. — Lambris. — Impostes. — Fenêtres et portes. — Persiennes, volets, jalousies. — Parquets. — Tracé des escaliers. — Escaliers en bois. — Ascenseurs. — Monte-charges. — Echelles de sauvetage pour incendies. — Clôtures, treillages. — Constructions rustiques.

6. — **Charpente en fer.** — Planchers, colonnes, pilastres et poitrails métalliques. — Charge des colonnes, des planchers en fer et acier. — Planchers métalliques hourdés en poteries ou en briques. — Planchers constitués par des poutrelles courbes métalliques. — Planchers en ciments armés. — Pans de fer. — Combles métalliques. — Appentis en bois et fer. — Comble Polonceau. — Combles à panneaux. — Combles Pombla. — Combles en tôle ondulée. — Combles Shed. — Hangars. — Distribution économique des pannes dans un comble métallique.

7. — **Serrurerie et Menuiserie en fer.** — Serrures. — Ferme-portes. — Portes et fenêtres métalliques. — Fermetures de magasins en fer et tôle. — Escaliers en fer, fonte, tôle, zinc. — Ferronnerie. — Grilles — Marquises.

8. — **Peinture, Vitrerie, Décoration, Carrelages.** — Légers ouvrages en plâtre : enduits, renformis, crépis, moulures, corniches. — Cloisons légères. — Aires de planchers. — Plafonds. — Peinture. vitrerie. — Papiers de tenture. — Marbrerie. — Décoration intérieure et extérieure. — Pavage en grès, en asphalte, en briques, en ciment, en bois. — Pavages et carrelages céramiques. — Mosaïques. — Pavages en verre. — Trottoirs. Voies publiques, cours.

9. — **Fumisterie, Chauffage, Ventilation, Eclairage, Electricité.** — Cheminées, Poêles, Calorifères. — Ventilation domestique. — Girouettes. — Eclairage. — Gaz. Conduites de gaz. — Electricité à la maison. — Téléphonie. — Paratonnerres.

10. — **Distribution d'eau, Assainissement.** — L'eau à la maison. — Conduites d'eau. — Evacuation des matières usées. — Le tout à l'égout. — Appareils sanitaires. — Filtres, réservoirs, robinets, éviers, bassins, jets d'eau, pompes, puits, citernes. — Hygiène des habitations. — Water-closets, urinoirs. — Bains.

11. — **Couverture, Plomberie, Zincage.** — Couverture en planches, en carton bitumé, en tuiles, en ardoises, en tôle ondulée, en plomb, en cuivre, en zinc, en produits céramiques. — Pente et charge des combles suivant leur destination. — Chéneaux, gouttières. — Plomberie sanitaire, etc.

12. — **Lois et règlements concernant la construction.** — Droits du propriétaire et du locataire. — Honoraires. — Métrage. — Vérification.

Petite Encyclopédie Électro-Mécanique

PUBLIÉE SOUS LA DIRECTION DE

H. de GRAFFIGNY, Ingénieur civil

N° 1, 2e édit. Manuel élémentaire d'électricité industrielle.

I. Nature de l'électricité, comparaison avec l'hydraulique. Lois diverses. — II. Générateurs hydro-électriques, accumulateurs et piles. — III. Mesure des courants, étalons, appareils de mesure. — IV. Electro-magnétisme et électro dynamique, lois. — V. Générateurs mécaniques d'électricité. Réversibilité. — VI. Générateurs thermo-électriques et divers. — VII. Production de la lumière électrique. — VIII. Production des signaux, télégraphes et téléphones. — IX. Phénomènes électro-chimiques.

N° 2, 2 édit. Conducteur de Dynamos et Moteurs électriques

I. Dynamos à courant continu. — II. Fonctionnement des dynamos. — III. Construction des dynamos. — IV. Installation et conduite des dynamos. — V. Entretien et réparation des dynamos. — VI. Fonctionnement des alternateurs. — VII. Les alternateurs. — VIII. les moteurs électriques. — Appendice.

N° 3. Les piles et les Accumulateurs.

I. Fonctionnement des piles et classification. — II. Description des piles usuelles. — III. Entretien des piles. — IV. Fonctionnement des accumulateurs. — V. Description des accumulateurs. — VI. Montage et installation des accumulateurs. — VII. Charge et décharge, soins d'entretien. — VIII. Accessoires de manœuvre des batteries. — IX. Groupes électrogènes à piles. — Appendice.

N° 4. Les canalisations électriques.

I. Méthodes diverses de distribution des courants continus. — II. Canalisations aériennes à courants continus. — III. Canalisations souterraines. — IV. Distribution par courants alternatifs à haute tension. — V. La fabrication des fils, câbles et accessoires. — VI. Pose des canalisations, jonction des fils. — VII. Soins d'entretien des lignes, réparations. — VIII. Calcul des canalisations

N° 5. Chauffeur-Conducteur de Machines.

I. Fonctionnement d'une machine à vapeur. — II. Descriptions des systèmes actuels. — III. La chaudière, calcul, disposition. — IV. Les appareils de sûreté. — V. Conduite du feu. — VI. Alimentation, les incrustations — VII. Soins d'entretien et de réparation des pièces de la chaudière. — VIII. Mécanisme moteur, détail des pièces, description. — IX. Mise en place et en marche d'un moteur. — X. Détente, marche économique, etc. — XI. Soins d'entretien et de réparations.

N° 6, 2e édit. Conducteur de Moteurs à gaz et à pétrole.

I. Fonctionnement d'un moteur à gaz. — II. Description des principaux systèmes de moteurs à gaz. — III. Conduite des moteurs à gaz. — IV. Soins aux divers organes, huiles de graissage. — V. Les moteurs à essence (air carburé). Description. — VI. Conduite et entretien des moteurs à essence. — VII. Moteurs à pétrole lampant, avantages et inconvénients. — VII. Les moteurs à gaz pauvre, descriptions. — IX. Les gazogènes. — X. Appendice, tableaux divers.

N° 7. — Guide pratique d'éclairage électrique.

I. La lumière électrique, historique. — II. Distributions d'éclairage, stations centrales, procédés divers. — III. Description des lampes à arc. — IV. Branchement et pose des arcs, mise en marche, entretien. — V. Démontage et réparation des lampes à arc. — VI. Fabrication des lampes à incandescence — VII. Appareillage de distribution, tableaux, rhéostats, coupe-circuits, douilles, etc. — Appareils de lumière divers, projecteurs, microscope photo-électrique, etc. — Appendice.

N° 8. — Le Monteur-Appareilleur-Électricien.

I. Travaux du monteur, outillage. — II. Pose des canalisations domestiques, jonctions, épissures des fils, etc. — III. Pose des lampes à incandescence, isolement des fils. — IV. Appareils de mesure, compteurs, etc. — V. Soins d'entretien, cassage des lampes, courts-circuits. — VI. Installation d'un moteur ou d'une dynamo, mise en marche. etc. — VII. Montage de divers appareils électriques.

N° 9. — Transport électrique des forces.

I. Transmission de l'énergie, théorie, historique. — II. Les moteurs hydrauliques actuels. — III. Stations électriques avec moulins à vent. — IV. Transformateurs par courant continu. — V. Transport par courants alternatifs. — VI. Les transformateurs à haute tension. — VII. Installation d'une station pour l'envoi de la force. Machines à employer, etc. — VIII Installation et soin des moteurs à courants continus et alternatifs polyphasés. — IX. Les tramways électriques, systèmes divers.

N° 10. — Réseaux téléphoniques et sonnettes.

I. Les sonnettes électriques, description des divers modèles. — II. Pose des sonnettes, outillage, soins d'isolement, plans de pose. — III. Entretien de sonnettes, nettoyage, piles. — IV. Fonctionnement du téléphone et du microphone. — V. Description des appareils en usage. — VI. Installation de deux postes magnétiques. — VII. Pose des lignes, isolement des fils, soins divers. — VIII. Remèdes contre l'induction (friture), réparations des lignes et des postes — IX. Renseignements divers sur les téléphones.

N° 11. — Manuel de l'Electro-Chimiste.

I. — Théorie des dépôts électrolytiques, historique. — II. Appareillage pour l'électro-chimie, dynamos, piles, bacs, cuves, conducteurs. — III. Galvanoplastie le moulage, les bains. — IV. Le cuivre, affinage, dépôt électrolytique. — V. La dorure et l'argenture. — VI. Le nickelage. — VII. Conduite des bains, densité de courant. — VIII. Formules et recettes. — Appendice.

N° 12. — L'Électricité pour tous.

I. Générateurs d'électricité domestiques, piles et machines. — II. Lumière électrique domestique par piles. — III. Lumière domestique par dynamos et machines. — IV. Moteurs domestiques, emplois divers. — V. La cuisine électrique. — VI Pose des sonnettes, téléphones, avertisseurs domestiques. — VII. Les allumoirs et appareils divers. — VIII. Electricité médicale. — IX. Les appareils Trouvé.

Prix de chaque volume : broché. **1 fr. 50** relié. **2 fr.**

La collection de 12 volumes : brochés **15 fr.** reliés **20 fr.**

Petite Encyclopédie
Scientifique et Industrielle

PUBLIÉE SOUS LA DIRECTION
de **Henry de GRAFFIGNY**
INGÉNIEUR CIVIL

La Télégraphie sans Fil

Le mouvement de la nature. — Historique de l'art des signaux. — Télégraphie sans fil par ondes lumineuses, par ondes électro-magnétiques, par ondes électriques. — Les expériences de Marconi. — L'appareillage de télégraphie sans fil et les expériences de M. Ducretet. — Expériences diverses : Popoff, Tesla, etc. — Applications de la télégraphie sans fil.

Un volume de 160 pages et 43 figures. *Prix :* **1 fr. 50**

Les Nouveaux Ascenseurs

Définition et classification des ascenseurs. — Les ascenseurs à puits, à compensateurs, sans puits, électriques, hydro-électriques, à air comprimé. — Les manœuvres et la sécurité des ascenseurs. — Les monte-charges. — Les ascenseurs hydrauliques pour bateaux et pour chemins de fer.

Un volume de 160 pages et 57 figures. *Prix :* **1 fr. 50**

Les Nouveaux Systèmes de Chauffage

I. Production et utilisation de la chaleur. Théorie et classification des appareils de chauffage. — II. Le chauffage par le soleil. — III. Chauffage par cheminées et grilles au bois, au coke, à la houille, aux agglomérés, etc., etc. — IV. Chauffage par l'air chaud, calorifères et poêles. — V. Chauffage par la vapeur à haute et à basse pression. — VI. Chauffage au gaz. — VII. Chauffage par le pétrole, l'essence l'alcool. — VIII. Le chauffage électrique.

Un volume de 160 pages et 48 figures. *Prix :* **1 fr. 50**

L'Opticien
Guide historique et pratique

Par JACQUEMIN

Historique de la lunette et de la fabrication du verre. — Fusion du verre. — Verre de couleurs. — Cristal de roche. — Myopie. — Presbytie. — Strabisme. — Choix des verres et des montures. — Verres périscopiques et sphéro-cylindriques. — Cataracte. — Anatomie de l'œil. — Mécanisme de la vision. — Vision. — Prismes. — Jumelles à prismes. — Optomètres. — Sphéromètre. — Lunette astronomique. — Jumelle de théâtre et de marine. — Tableau comparatif des anciens numéros sur les Dioptries. — Divers caractères d'écritures pour essayer la vue.

Un volume de 160 pages avec figures. *Prix :* **1 fr. 50**

Courbevoie. — Imp. E. Bernard, 12, rue de la Station.

BIBLIOTHÈQUE NATIONALE R.F. ESTAMPES

EN VENTE CHEZ TOUS LES LIBRAIRES

Petite Collection E. Bernard.

à 60 centimes le volume *pour la France.*

à 75 centimes le volume *pour l'Étranger.*

N° 1 LE COLLIER DE DIAMANTS, par A. Lepage.
N° 2 UN BAISER DE REINE, par A. Guignery.
N° 3 LES MAITRESSES DE FRANÇOIS Ier, par P. Savernon.
N° 4 LA ROSEE ROUGE, par A. Guignery.
N° 5 LES MAITRESSES DE HENRI IV, par P. Savernon.
N° 6 LE ROMAN D'UNE CHANTEUSE, par A. Guignery.
N° 7 LA CONSCIENCE DU JUGE, par A. Guignery.
N° 8 UNE COUR D'AMOUR, par A. Lepage.
N° 9 LE REVE DE MICHELINE, par Abel de Miray.
N° 10 LES MAITRESSES DE LOUIS XIV, par P. Savernon.
N° 11 UNE D'ELLES, par Jean Carvalho.
N° 12 LES MAITRESSES DE LOUIS XV, par P. Savernon.
N° 13 TRAGIQUES AMOURS, par A. Guignery.
N° 14 PRINCESSE DE VENISE, par Pierre Guédy.
N° 15 LES SANGUIVORES, par Gaston Azémar.
N° 16 JOURNAL D'UNE AMOUREUSE, par Louis Maurecy.
N° 17 LA BELLE CONSPIRATRICE, par A. Guignery.
Nos 18 et 19 L'HOMME-VIERGE, par Gaston Azémar.
N° 20 MARCHANDS DE CHAIR HUMAINE, par P. Manin.
N° 21 LE MOUSQUETAIRE NOIR, par Victor Nadal.
N° 22 LA POURPRE SANGLANTE, par Adrien Guignery.
N° 23 LA VIE D'UN BOHEME, par Raoul Verneuil.
N° 24 BÉBÉ, MADAME et MONSIEUR, par G. Guitton.
N° 25 LE ROMAN D'UNE AMBITIEUSE, par A. Lepage.
N° 26 L'HEROIQUE CHASTETE, par Raoul Bouillerot.

Cette Collection comprendra 100 volumes.

Couverture en Couleur et illustrée en Phototypie.
Il paraîtra régulièrement 4 volumes par mois.

VIENT DE PARAITRE :

LE NU ESTHÉTIQUE

PAR EMILE BAYARD

L'HOMME ✻ LA FEMME ✻ L'ENFANT

Une livraison par mois de 4 planches grand in-plano contenant de 40 à 50 *académies*. — **Prix : 1 franc.**

Courbevoie. — Imprimerie E. Bernard

www.ingramcontent.com/pod-product-compliance
Ingram Content Group UK Ltd.
Pitfield, Milton Keynes, MK11 3LW, UK
UKHW031857260826
14628UKWH00002B/837

9 782019 959388